ダンケレコード店

ダンケレコード店

関口 純

Sekiguchi Jun

風詠社

目次

装幀　２ＤＡＹ

一：タルカス

『インターネットを駆使し、マグマの温度が一〇〇〇度前後だと知る。人間は母親の胎内に宿って居る期間でも、記憶や感覚自体は存在しているとの話があり、どうも真実らしく胎児の状態からバッハを聴かせる等の高等技術を活用する親も居るようだがそこでバッハならまだしもモーツァルトを聴かせる等と勝負に出る場合も有り。何れにしても常聴する音楽は流行歌でありながらもこの段において急激にバッハ又はモーツァルトに接近するという行為を時々耳にする。卵から産まれる爬虫類や鳥類には流石にこの理論は適用出来ないと私は考えているのだが、実際に卵から産まれた知り合いは居ないので質問が出来ない。とは言え、イワサキセダカヘビの成蛇がまさかバッハやモーツァルトに代表されるクラシック音楽のＬＰを持っているとは到底考えられない。彼らが持っているＬＰはＨＲ《ハードロック》／ＨＭ《ヘヴィメタル》だからだ。兎に角、卵の中にいる状態で一定の感情や感覚を持っているとしたら、卵の段階で周囲を一〇〇〇度のマグマによって温められた挙句、そのマグマの中で殻を破り、火山の大噴火と共に地上へと降り立ったタルカスは余程屈強に違いない。マグマとバッハでは、比較にならない。溶岩の流れるスピードよりも速く、タルカスはそのキャタピラを回転させながら地球上を走る。途中の障害物などはそのキャタピラで無慈悲に踏み潰して進む。小さい物は轢き殺し、大きいものは両サイドのバズーカまたは鼻の部分の火炎放射で焼き殺す。タルカスのサイズに関しては子どもの頃から数パターン考えているのだが、私の中で最も有力なサイズはメルカバ等市場原理主義者達が活用する戦略タンクを一瞬で蹂躙する大きさ。全長三〇メートル、総重量一五〇トン程度のもの。上空を自由に飛び回る事の出来る戦闘機と翼竜のハイブリッドであるアイコノクラストを、スピードの差よりも性能の優位性によって難なく撃破。その本能でバズーカを命中させ、地上に落ちて来たところを踏み潰した。次の敵はマス。マスはタルカスに関する専門書による分析を読む限りでは、エビとトカゲとロケットランチャーのハイブリッドと考えられている。マスのロケットランチャーは確かに強力である。イエテボリの町ぐらいは一瞬にして火の海に変える事が出来るだろう。然しそんなもの、タルカスには通用する筈も無く、こちらも一撃で仕留める。最後の敵はタルカス最大のライバルであるマンティコアだ。マンティコアはアジア地方に住むサルの頭にライオンボディという、鵺《ぬえ》の様な体にメカサソリの尾を持ち、当然毒針で敵を襲う。タルカスについての記事を読むと、タルカスはここでマンティコアに敗れ、海に帰って行くと、タルカスを侮っている記述が多い。然し私の解釈ではタルカスは勝った。目に毒針の一撃を喰らっただけであり、その後は冷静に、静養する為に海へ帰って行くという判断をしている。そんな冷静な判断が出来る程なのだから、タルカスは勝った筈だ。タルカスのＬＰジャケットはアートの一つの究極形だろう。タルカスはレコードなので、音楽も中に入っている。今度機会が有ったら、音楽の方も聴いてみようと思っている。』

三七歳を過ぎたこの愚かな男コバヤシ。中学生の頃現代文の先生に言われて以来年に数回書いている文学日記に、『タルカス』に関する自らの考えを纏めた。

これまで書いた文学日記と合わせて、ブログ形式を利用しインターネットで全世界に公開しようかとも考えたが、自分の表現力ではタルカスの素晴らしさ、また自分のタルカスへの思いを表しきれていないと理解し、公開を躊躇った。

文章表現以外にも、もしこの様な記事を公開した後には恐らく、「嗚呼、コバヤシ、プログレ聴くんだ」、「へえ、コバヤシ、センス良いね、流石」、「お前プログレの何を知ってるんだよ」、「プログレの事なら色々教えてやっても良い」、「俺なんかお前がプログレ聴く前からずっとプログレ聴いてるから今更タルカスの話とか逆に懐かしい」等の攻撃を受けるだろうと感じ、公開に踏み切れなかった。

八畳にしては広く感じる賃貸アパートで小さいバルコニーに設置したガーデンチェアに座っていると、斜向かいにある保育園から園児の楽しそうな声が聞こえ、『陽だまりの丘』という曲名を思い付き、その様なタイトルの曲を作りそうなバンドのダサい名前を考えようとしたが上手く行かなかった。陽だまりなど発生しない曇り空がここ数日続いた二月の川越の朝は、気温も五度と冷え込み、コバヤシの想像力は奪われていた。

大学を卒業後にバックパッカーも経験せずそのまま企業へ就職。広報チームに配属され一五年務めて来たコバヤシ。特に金を必要とする趣味なども無く、安いワインを飲んでさえいれば幸せを感じられる性格であった。その為、この年代にしては比較的に良かった給料の大部分を貯蓄に回した。貯蓄だけではつまらない奴と思われるぞと会社の同僚に勧められるがまま毎月投資したハイテク株が程良く上昇し、気が付いたら思った以上の貯蓄を持っていた。お金もある程度貯まり、業務内容にも特段興味を持てなかった為、半年前にコバヤシはこの職を思い切った。

コバヤシが勤務していた株式会社カウンテック。これは公式サイトに記載された会社概要によると、『テクノロジーを買う。または、カウンセリング+テクノロジー』という意味を持った造語との事だった。コバヤシはこの会社の広報チームでデザイン関連のデータ管理を担当していた。会社の公式サイトデザインや、印刷物のデザイン、簡単なアプリの制作等、ちょっとしたデザイン関連業務が発生する際にはコバヤシの出番となり、社内ではセンスの良い人と決め込まれていた。そして世間でも、この業務内容はクリエイティブだとの評判を得ていった。

然しこのクリエイティブな職を思い切ったコバヤシに対し、「コバヤシは結局、クリエイターでは無かったのね」と、世論は冷ややかな反応を見せた。


自分の信じる表現を具現化させた物を芸術と呼び、これを実行出来る人間が作家である。肩書きなど関係ない筈だと考えていたコバヤシは、この世論の反応を寧ろ気に入った。

クリエイターとは何か。『造物主・創造的な仕事をしている人』とコバヤシは辞書で確認した。この定義では、コバヤシは企業に所属していた頃はクリエイターであり、辞職後はクリエイターではないという事になるのか。それは仕事という単語の定義にも依るが、少なくとも世論の中に於いては作家で無くなったという事は明確だった。

世論を獲得するには創造性に富んでいるか否かなど関係無く、その世論に対してどの程度自己主張が出来るのかが重要である。そして自分はその方法論とは対立していきたい。その様に考えるコバヤシは、この広報係を思い切った事だけでも気色が良かったが、「あれ、コバヤシ、アート関係の仕事やめたの？」や、「へえ、じゃあもうクリエイティブな仕事じゃ無くて普通の仕事するの？」等の反応を受けると、これは持論を支持する根拠ともなり更に気色が良かった。

コバヤシは、自分を世論と対峙させる位置に置く事に依って初めて良心的な創作活動が行えると考えており、これにより己の体裁を保つ事も出来た。

一方で現代社会はその様なコバヤシを甘やかさないのも事実であり、世論と対峙しているだけでは生活に窮する。更には金銭的事情よりも、天性の怠惰な性格にこの半年で磨きがかかってしまった事は由々しき事態であり、自分に何かを課す必要があると考え始めた。具体的には仕事だ。何の期限も切られない生活は精神的に多くの余裕を生み出すと同時に、将来への不安を煽った。

世論的に作家では無くなった今、それでは世論と対峙する作家業を営もうと考え抜いた挙句に思いついたのが、レコード店の経営であった。

二：ダンケレコード店

コバヤシが開店した『ダンケレコード店』。川越駅から徒歩五分程度の商店街を形成する一角であるが、その手頃な家賃事情からも察する通りに一本裏に入らなければならない為、偶然発見される場所には無い。

レコード店の経営は、学生の頃などによく妄想していた。自身のレコード店を持ったら面白いのではないか。とは言えコバヤシは特段レコードに興味がある訳では無く、努力の先に夢を実現したといった流れでも無かった。この店は単純に、愚かなコバヤシの冗談でしかなかった。

さいたま信用金庫からの借入に成功し、貯蓄の一部を費やす事により開店資金を捻出した。


『ダンケレコード店』

これは当然ドイツ語の『ダンケ』であり、然しコバヤシにドイツ語の素養など無かった。最も基本的であり旅行者のレベルで学習する『ありがとう』という意味である事さえ、コバヤシは理解していなかった。コバヤシは寧ろ、この『ダンケ』という単語を単語と認識して居らず、視覚的に捉えていた。

大学在学中に選択必修科目として学んだロシア語の授業。講師の婦人は鞄の代替として紙袋を持っていた。その紙袋には大きく『ダンケ』というロゴが描かれており、カタカナで壮絶な大河ドラマのタイトルロゴの様なデザインになっていた。

これを酷く気に入ったコバヤシは、在学中切っ掛けを見つけては、「バンドを結成してダンケと名付けよう」、「ダンケと前面にプリントされたTシャツを作ろう」、「ダンケというカフェをオープンしよう」等一人で興奮した。この様子を不憫に思った学友達はコバヤシを嘲《あざけ》る事は無かったが、この『ダンケ』という単語の持つあまりにインパクトに欠けるメッセージを皆理解している為、取り立てて相手にはされなかった。

ヘルマン・ヘッセの大ファンでありジャーマンスラッシュに詳しく、死ぬ前に一度はホフブロイハウスに行きたいと思っているコバヤシは未だにダンケの意味を理解せず、とうとう自らが開店したレコード店の名前にしてしまった。

そしてコバヤシは恐れていた。この『ダンケ』という単語を勝手に使用したと知れたら、商標権の問題で訴訟が起こるかも知れない。そう思いながらも出来るだけ記憶を辿り、ロシア語講師の婦人が持っていたダンケのロゴを再現しつつオリジナリティを出す形で作製した看板を、初めてゴメスに見せる時は緊張した。

「これが前から話してたレコード店だよ。もう準備出来てるからすぐにでも開店出来るよ」

「良かったよコバヤシ。また仕事で忙しくなるね」

「そうだね。これが看板」

「へえ、ダンケレコード店という名前か、カッコ良いよ！」

「そうでしょ」

こんなのパクリじゃん、あのダンケでしょ？　といつ言われるか心配で仕方が無かったが、商標登録の話題にはならなかった。

「コバヤシ、店内のコレクションを見ても良い？」

「勿論だとも」

ゴメスは両手でシュッシュッシュッシュッというレコード収集活動のそれをやってみせたが、十枚程で終わってしまった。

「コバヤシ、これだけなの？」

「そうだとも、ゴメス」

「この枚数で店を出すの？」

「その通りだ」

「他の在庫はまだ届いてないの？」

「他の在庫はまだ届いてない」

「いつ届くの？」

「まだ分からないな。決まってない」

「成る程。でも、商品がレコード店らしく揃うまでは開店を見送った方が良いんじゃない？」

「でも作るのに時間がある程度かかるからね」

「作る？　っていうのはどういう事？」

「作るんだよ」

「何を作るの？」

「何をって、レコードに決まってるじゃないか」

「ここはレコード店だから、レコードに決まってるね」

「そうだよ」

「成る程。でもやっぱり、もっと商品が陳列されていた方がそれっぽいじゃない？」

「何を言ってるんだよ。レコード店なんて十枚で充分だよ。二万枚もの在庫を抱えているお店だって、実質的に売っているのは数枚でしょ。ルーヴル美術館に行ったって皆さんモナリザ見て喜ぶだけじゃないか。ダンケレコード店が販売するのは真実のアートなんだよ。これから徐々に枚数が増えていくから、最初は少なくて良い。同じＬＰレコードを卸値で入荷して売っても、それは他の店がやれば良い話ではないか。そういう買い物がしたいお客様は、有名量販店にでも行けば良いのだよ。尤もその様な有名量販店も昨今のメディア事情で倒産したかパチンコ店の傘下になり細々と経営している程度だけどね」

「確かにそうだね、コバヤシ！」

コバヤシ同様に凡そ大した男ではない失業者のゴメスには、何が言いたいのか分からないコバヤシの理論が理解出来た。開店祝いだという事でコンビニエンスストアーに向かい、よく冷えた格安ワイン、アンデスキーパーの白を買ってきて祝杯をあげた。

三：メタルアメダス

「じゃあ夏の時、クールビズを推進する為に毎日私服でいると言っていたのは嘘だったの？」

開店準備中のダンケレコード店に招待されたコバヤシの恋人、清子は声を荒げた。凡《あら》ゆる場面での単語の選択が一致せず、理解不能な場面で面白がる上、最後には商業主義的な生き方を選択する清子に対しコバヤシは、彼女の反応を想像し、それが面白くない方へ向かって行くと推測出来る類の話題を避けていた。その為、彼女には半年以上、仕事を辞めた件を伝えていなかった。

コバヤシは只の広報係であるにも拘わらず、自分の恋人は企業のデザイナーとして毎日クリエイティブな仕事に従事していると清子は曲解していた。クリエイティブな仕事とは一体何か。実際の処ではコバヤシは多くの場面に於いてその創造的力を発揮する事は多かったが、清子がこれを理解する事は決してなかった。

コバヤシにとって会社での作業は極めて単純であり退屈を極める為、その作業工程に自らの創造性を付け加える等していた。然しこれに依り、コバヤシはあまり好評を得る事が出来ない。一方で自分の持つ独自の世界観の一切を無視し、寧ろそれと真逆の感覚で取り組めば易々と好評を得る事が出来た。メロディックスピードメタルバンドのジャケットを見ては面白い面白いと騒ぎ立てるコバヤシにとっては、苦痛を伴う作業であった。

とは言え、この作業も慣れてくると苦痛と同時に愉快な感覚を覚えた。社内でのコバヤシの評価は上がり、「コバヤシはセンスが良い」、「兎に角コバヤシに何とかして貰おう」と言う声が大きくなり、つまりコバヤシの持つ本当の感性を理解するものは社内に存在していなかったと理解したコバヤシは、自分でも大量生産大量消費に貢献出来るものだなあと調子に乗った。

自分の発想とは真逆のテンプレートを作成し、その型に嵌め込んでいくと直ぐに、社内で好評を得る作品が出来上がる。これはコバヤシの脳内では別の好反応を引き起こした。『真逆』であるが故にその真逆に対する強い欲望も湧き上がって来るのだ。その際には自分のアート制作に没頭する事が出来た。

「つまりね、私はクリエイティブじゃない作業をする事によってのみクリエイティブな考え方が出来る様になるんだよ。クリエイティブというのは君に分かり易いように敢えて選択した単語なんだけどね」

「言っている意味が良く分からないわ。コバヤシ」

「じゃあ、ここにある二つの絵を見て。両方とも私が描いた絵だけど、チタンの製造過程を描いている。どちらもパソコンを使って同じ手法で描かれているが、受ける印象は違う筈だよ。こちらは誰もが分かり易いように描いた絵であり、こちらは、その発見から大量生産に至るまでのチタン製造の歴史そのものを表現している。この炎の箇所を見たら分かる通り、ここには大量生産の過程で失われた多くの命、魂が表現されているでしょ」

「私はコバヤシの描いた絵はどちらも凄いと思うわ」

どちらも凄い。

裕福で芸術に囲まれた家庭で育った清子。両親は、七〇年代に青春を謳歌した世代である。父重樹、母昌代。二人は東京で出会う。

一度訪問した実家は如何にもセンスが良く、父はソヴィエト文学、母は近世西洋哲学の教授であった。ところがこういった家庭で育った子供というのが意外と芸術には興味を示さない訳で、コバヤシの作った作品であればこれはどちらでも凄いと発言するに至っているのである。

清子にとっては単純に、企業で安定した収入を得ながらもその業務内容がデザイン職というクリエイティブな人間と交際しているという処が重要であった。一方ではその程度で満足して貰えるというのも有利な筈だが、嗚呼、自分の本質を理解して貰えないと、コバヤシは贅沢に嘆いた。清子は純粋にコバヤシを信じ、然しコバヤシが清子を信じる事は無かった。


「で、次の仕事は如何するの？」

「ここで仕事するんだよ」

「良かった。またクリエイティブな仕事をするの？」

「クリエイティブの定義は？」

「クリエイティブはクリエイティブでしょ、コバヤシ。定義なんか無いわよ。コバヤシは今までずっとクリエイティブな仕事をして来たじゃないの。そういう仕事よ。その仕事をもう思い切ったなら、あなたはもうクリエイティブではない普通の人なのよ今は。私はクリエイティブな仕事をしているあなたの事をずっと誇りに思っていたのよ」

コバヤシは笑いを堪える為に下を向き、体の一部に激痛が走った様な顔をした。録音しておいてゴメスに後で聴かせれば良かったと後悔もした。

「来週から、レコード店を開く事にしたんだよ」

「え、自分でレコード店を開業するという事？　ビジネスという事？　どうして？　コバヤシにはクリエイティブな仕事が似合ってるじゃないの」

「でもこの店、結構広いし、良い雰囲気でしょ？」

「分からないわよコバヤシ。レコードを販売してどれぐらい収入があるのよ？」

「ダンケレコード店という名前なんだよ。一五年間の貯蓄と、さいたま信用金庫での借金でね、開店費用は何とかなったよ。扱う商品も結構面白いよ」

清子の性格上、『ダンケ』という言葉の商標権に関して何か言われそうだとコバヤシは心配したが、何も言われなかったので作業スペースから三枚のレコードを持って来て、清子に手渡した。

「こういうの、カッコ良いでしょ？」

「さあ、これはヘビメタ系のバンド？　私はこういう音楽をあまり聴かないから分からないけど、人気があるバンドなのね。日本先行発売って書いてあるし。こういう音楽ばかり扱うつもり？　そんな事で生活が成り立つの？」

「人気のバンドなんだろうね。ジャケットだけでも買う価値があると思わない？　LPサイズって大きいしその分カッコ良い。CDサイズも作った方が良いかもしれないけど、当面はLPサイズだけでやっていこうと思うよ。メタルだけではなく、他のジャンルにも手を出してみようと思うよ。自分が思いついた物なら何でも作ってみるつもり。そのLPはね、アメダスというスラッシーなデスメタルのバンドで、スウェーデンのイエテボリ出身の五人組なんだよ。天気予報でアメダスって何回も言ってたから、面白いなと思ってね、そしたら一気に四枚作れたよ」

「さっきからその、『作る』って、どういう事？」

「作るは作るって事だよ」

「何を作るのよ？」

「何をって、レコードを作るんだよ」

「売り物のレコード自体を自分で作るの？」

「そうだよ。思いついたバンドのジャケットをここで作るんだよ」

「思いついたバンドのジャケットを作る？　中身は？　バンドも自分でやるの？」

「中身なんて無いよ。レコード盤なんて、その中に入って無いでしょ」

清子は手に持ったままのジャケットの厚みを確認するも、レコード盤の感覚が確かに無かった。

「中身がなければ意味が無いでしょ、コバヤシ。冗談なの？　何そのイエテボリって。街？」

「街だね。スウェーデン、イエテボリ出身の五人組。ボーカル、ギター、ギター、ベース、ドラム。セルフタイトルの『アメダス』でデビューし、二枚目の『ザ・ブルータル・マサカー』で日本デビューを果たす」

「これね、ブルータルマサカー」

「そう。それは日本デビュー版で、邦題が『超重量破壊協奏曲』というんだよ。同時にファーストも日本版が発売されて、邦題は『メタルアメダス』になったんだよ。ファンの間ではブルータルマサカーが一番人気で、その後の作品は駄作。最後に『破邪の封印』というアルバムを作って解散してしまう」

「このアルバムね。破邪の封印」

「そうだよ。駄作と言われているけど実際にはそのアルバムが一番と言う人も居るかもしれないね」

「そうね、コバヤシ。で、それをコバヤシが自分で想像したと言う事？」

「そうだよ」

「想像して作った物を、お店を開いて販売するという事で、合ってる？」

「そうだね。合ってる」

清子は店内から窓の外を眺め、遊んでいる子供達を暫くの間見つめた。

「コバヤシ、本気の話をしているの？」

「何が？」

「本気でこんな物を作って、態々《わざわざ》お店を開いて、販売するの？」

「そうだよ」

「大きい会社でデザイナーだったあなたが、仕事を辞めてこんな無意味な事をするの？」

「でもクリエイティブでしょ？」

清子は暫く黙り込み、スマートフォンで色々と確認し、数分後には何も言わず、ダンケレコード店を後にした。これ以降、清子からの連絡は無く、会う事も無かった。

四：来客（1）

探さないと見つからない場所に店を構えるダンケレコード店は、近所の学生や会社員など、偶然通りかかるターゲット層への広報には少々不利な立地だった。川越という駅も中途半端であり、東京都心からの来客は殆ど見込めなかった。コバヤシにはビジネス感覚など無く、自分の作品が素晴らしければ客は自ずとやって来ると信じていた。ダンケレコード店へ辿り着くには一本の小道を入らなければならないが、同じエリアに美容室とカフェがあった。サンティという名前の美容室と、フェリーチェという名前のカフェだ。

サンティのオーナーはコバヤシと同じぐらいの年齢であり、競争の厳しい美容業界でこの年齢にして自分の美容室を持てるなんて大したものだと思った。コバヤシにも気さくに話しかけてくる爽やかな男で、接客業を生業とする自分もこの男から接客態度を学ばなければいけないなと思いつつも、コバヤシは極力このオーナーとの接触を避けた。

フェリーチェの店長は髭を蓄えたとても感じの良い男で、コバヤシよりも一回りは年上に見えた。店内装飾のセンスも良かったが、店名と店の雰囲気が悪い意味でズレており、全体的に店のコンセプトが理解出来なかった。軽くビールを飲む事は何度かあったが、コバヤシはこの店長にも深入りしなかった。

ダンケレコード店が所属するアズマ商店街は、川越におけるメインの商店街から一本外れた場所にあり、小規模なものだった。ブランド品を取り扱うお店や中古品販売店、ブティック、漢方堂等が並んでいた。居酒屋はそれなりにあった為、日中よりも寧ろ夜間の人出が目立った。それでもコバヤシは夕刻、ダンケレコード店の中から道ゆく人を見ると、彼らの行先が居酒屋であろうと推測し、自分も行きたくなって店を閉めてしまう。これにより人流のある時間帯にはもうダンケレコード店は閉まっているという状況であった。

この様な事情から、ダンケレコード店には来客が無かった。然しコバヤシは何も悩まず、依然として自分が真のアート作品さえ作り続ければ、そのうちに世論からの好評を得る筈だと考えていた。

そんな来客の無いある日の午後、そろそろお昼なので冷製パスタでも買いにコンビニエンスストアーに行こうと思い、然しその際に態々鍵を掛けるかどうか迷っていると突然、客人が入って来たのである。

「いらっしゃいませ」

とコバヤシは初めて言ってみた。実際に自分が何らかの店舗に客人として入った際にいらっしゃいませと言われたら良い気分がしないと思っていたにも拘わらず、やはり店主としてコバヤシは面白半分、発言した。

「あ、ああ」

とこの客人はコバヤシの目を見ず。

コバヤシもどう対処したら良いのか分からない為、忙しいフリをした。

当然コバヤシは初めての来客に喜んだ。ここで上手くやれば、売り上げを計上出来る。そう思っているとその客人はどういう訳か、スルリと店を出て行ってしまった。これだったらコンビニエンスストアーに冷製パスタを買いに行けば良かった。そうしていれば数分早くリコピンを摂取できた筈だ。コバヤシは嘆いた。だからと言って今一度鍵を掛けてコンビニエンスストアーに高リコピントマトの冷製パスタを買いに行こうものなら、次なる来客があった際に気が付きもしない。それではまずいと判断したコバヤシは、ゴメスに連絡した。

「ゴメス、今暇でしょ？　店が忙しすぎてちょっと大変なので、昼食を買って来てくれない？」

「ああ、分かったよ。お昼を買ってダンケレコード店に行けば良いの？」

「そう」

数分後、ゴメスは駅前に最近オープンしたインド・ネパール料理店で日替わりカレーセットを買って来た。そのセットは四五〇円だったという事で、五〇〇円のセットならよく見かけるが、その五〇〇円を下回る価格で勝負しているインド・ネパール料理店は初めて見たとゴメスは力説した。二つテイクアウトする際、ナンとサフランライスが選べた為、ゴメスは念の為一つずつ買って来た。コバヤシが選ばなかった方を食べれば良いと合理的に考えたのだ。ゴメスはコバヤシに、その店でナンかライスを選ぶ際に店員のバングラデッシュ人が「ナンカライス？」と質問する口調を何度も真似したが、元ネタを知らないコバヤシにはあまり面白さが分からなかった。

「商売の方はどうだい、コバヤシシシシシ」

「いまいちだよ、だよ、だよ、だよ」

「そいつはね、残念だね、ね、ね、ね、ね」

とダブ処理した後の様な会話をしていると、新たな客人が入って来た。

コバヤシは態とこの客人を無視した。「いらっしゃいませ」などと言ってはいけないと既に学習したからだ。客人はアメダスのファースト、『メタルアメダス』を手に取って吟味している様子だった。眼鏡の分厚い、オモシロイ人の様な外見だった。さっと、メタルが好きなのだろう。

「あすいません、これって試聴とかってできますか？」

「いや、そういうのはちょっとぉ」

「あ、ああ」

オモシロイ人は足早にダンケレコード店を出て行った。この反省すべき場面で、あろう事かコバヤシとゴメスは大爆笑した。

「試聴なんて出来る訳ないよ」

「中身なんて無いのに」


わははははははわはははははわはははははは、は、は、は、は

「コバヤシ、この店最高だよ」

「そうだとも、ゴメスよ」

コバヤシはこれで良しとし、同様に愚かなゴメスも、社会保障を受けながら生活している失業者の身分でこの状況を大喜びした。二名の愚か者は早々に店を閉め、近所の中華料理店へと出向いた。

五：経営

　コバヤシは、ダンケレコード店で収益を上げる方法など全く考えていなかった。然しこのままでは立ち行かなくなるという事を、開店から一ヶ月が経過した今ようやく意識し始めた。

　開店から一ヶ月、売り上げはゼロ。本人に売るつもりが無いとは言え、中々厳しかった。本来であれば何らかの広報を打てば良いものだろうが、現在の在庫状況を考えると広告が打てないという現実もあった。

　ダンケレコード店は不動産屋の図面で見ると僅かに十畳程であったが、コバヤシが不動産屋と内見した際にはとても広く見えた。

「へえ、これで十畳ですか？　広く感じますね」

　とコバヤシは言い、不動産屋は、

「ええ」

と答えた。

然し実際には、レコード棚や受付デスク等を搬入するとこれが窮屈であった。窮屈と言っても悪いばかりでは無い。例えば、客人が任意の列のレコード在庫を入念にシュッシュッシュッと捌く際に自身の手荷物を置く場所に難儀し、仕方がないのでそれを通路に置いておくと今度は他の客人が通過する事に難儀し、まして同じアルファベットの頭文字が二列に渡る際などは一時的に手荷物は最初に置いた位置に置かれたままとなり、こうなるとまた他の客人が荷物の置いてある列で在庫を入念に調べたい場合などは困惑し、然しレコード店に態々時間を掛けて来る愛好家達はロックと世界平和みたいな考え方に日頃から親しんでいる訳であり、そうなると特段大きな揉め事も起こらないというレコード店特有のそれを演出し易い環境と言えた。とは言え開店から一ヶ月が経過した現在、この現象は未だ発生していない。客が来ないからだ。

失業中の為暇なゴメスが店に入って来た。ハローワークの帰りか、片手に大きめの封筒を持っている。

「相変わらず暇みたいだね、コバヤシ！　お客さんは今日も来ていないの？」

「来ていない。でも、近いうちに何とかなると思う」

「もっと在庫が在れば色々出来るんだけどね」

「そうだね」

「コバヤシ、現時点でどれぐらいの在庫があるの？」

「そこに出ている一〇種類だけだな」

「アメダスが四枚、ヘルパトロールが二枚、メタルビーストレコードのサンプラーが二枚、サイレントアゴニーというバンドが二枚」

「そうだね」

「それぞれ何枚ぐらいあるの？」

「イラストレーターのデータがあるから、簡単に複製出来るんだよ。だから一枚売れたら売れたやつを複製して並べようと思ってるんだ」

「成る程ね。でも、それだったら最初から一種類につき五枚ぐらい印刷して置いても良いんじゃない？」

「そうかな」

「そうだよ。だって、もしヘルパトロールのアルバムが売れてさ、そのすぐ後に同じ物を買いに来るお客さんが居たらどうするんだよ」

「それもそうだね」

「それにさ、沢山並んでいた方がレコード店ぽくてカッコ良いよ」

「そうかも知れないな」

「絶対そうだよ。ここにあるのは全部メタル？」

「そう。デスメタル。北欧の。ヘルパトロールは正統派に近いんだけど、メロディが際立ったりキーボード入れたりしてるからどうしてもダサくなっちゃうんだよね。それで本物のデスメタルファンには人気が無いっぽいね。アメダスもカッコ良いんだけど、メンバーの外見は威嚇的というよりはストリートっぽい感じだから、正統派のファンからはあまり評価されていないけど広めに見たらそれなりのフォロアーが居るんだよ」

「そうなんだ」

「そう。つまりデスメタルってのは君みたいな一般人に対してわかり易くジャンル分けしているだけで、実際には例えば八〇年代のカリフォルニアのスラッシュメタルみたいな感じをモダンな音で出してるバンドも入れてる」

「へえ、でも、デス声はデス声でしょ？」

「うん。デス声はデス声だよ」

コバヤシにはそれぞれのバンドの完璧なイメージがあり、それぞれのアルバムで裏ジャケには曲名も入れている為、曲の歌詞や、大まかな内容は頭の中ですぐに再生出来た。実体の無い音楽。題名のない音楽会。日曜美術館。実体のみで構成されるべき音楽という芸術に於ける核心部分を削ぎ落とすという無意味な行為。コバヤシは大満足し、爆発こそしなかったがこれを芸術と感じていた。

この無意味な行為を世論と対決させる為のプラットフォームとして、コバヤシはダンケレコード店を開店した。コバヤシの脳内で膨らむバンドの存在を、音楽の基本手段を取らずに然し音楽として一方的に具体化させたら世論は何処まで付いて来るだろうか。コバヤシが用意したバンド達の存在を知った愛好家は、一体どの様な反応を示すのか。ダンケレコード店はコバヤシが仕掛けた社会実験の場とも言えた。

そうは言っても社会実験をやってさえいれば収入を得られるという甘い世の中では無い。

「ゴメス、君の言う通りだよ。明日からアルバムの制作に入るよ」

「うん、それがいいよコバヤシ！　デスメタルだけじゃなくてさ、他のジャンルもね」

「成る程ね。何か作って欲しいバンド名とか、あるかい？」

「いやあ、どうかなあ、ワインでも飲まないと思いつかないよ」

「じゃあ、買ってくればいいじゃ無いか」

そう言ってコバヤシは床に五百円玉を放り投げ、ゴメスにそれを拾わせてヨセミテロードの白を買いに行かせた。

店内で待っている間、デスメタル以外の作品をと思い、以前から少し頭にあった『パープルパルチザン』という七〇年代のサイケデリックロックと言われる類いのバンドをスケッチし始めた。

六：アルバム制作

アルバム制作にあたり、コバヤシはダンケレコード店を一週間閉めた。作業に専念しないと在庫が増えないとコバヤシは考えたが、実際には開店していても客など来ないので広報の機会を逸しているだけであった。

店を完全に閉店し、シャッターも閉める。店後方の事務所設定スペースに置かれたコンピューターで作業をした。新しいバンドを作る際、コバヤシは名前から入る。自分のアイフォンには既に一〇〇以上バンド名のストックがあった。『マスヘッド・イコン』や『ホウンテッドウィザーズ』等のメタルバンドのみならず、『ファックスマシーン』、『LEDヘイト』等のインディーロックバンド、『エスレベーター』や『ジ・オレンジネビュラス』等七〇年代を意識したバンドも多かった。メモを見返していると稀に、『ミーハン！』や『懐中電灯』等、どういう事か分からないものもあった。

コバヤシは常日頃より、見た物聞いた物を直ぐにバンド名にしたがった。そうすると今度は、ロゴ、Tシャツ、ジャケの順番に思い浮かぶ。曲に関しては、「こんな曲かなあ」という程度で詳細なキメの部分までは考えなかったが、逆に全体像無しにキメの部分だけを考える場合もあった。こうしてバンド名を様々な局面で思いついた処で、都度そのバンドを結成する訳にもいかない為、このジャケット制作はコバヤシにとってなかなか効率的と言えた。

思いついたバンド名の背景を考える作業は、コバヤシの習慣の中でも最も楽しいものだった。特に新鮮なラガーを飲んでいる際など、友人ら数名と考えるのは格別だと感じていた。そんな時は意外と皆さん真剣になる。これまでのコバヤシはそうやって思いついたバンド名をアイフォンにメモするのみであったが、今はそのアイデアを直ぐに具現化出来る環境を手に入れたのだ。

先ず、メモ用のスケッチブックにボールペンでアイデアを描く。メタルバンドのジャケットであれば、何らかの猛獣の絵を書き、その猛獣にタルカスに勝てるか勝てないか程度の武装を施す。剣や槍等の中世ヨーロッパ的なイメージの場合もあれば、バルカン砲や火炎放射器等の第二次世界大戦で活躍した殺戮兵器の場合もある。最近では世界各国が宇宙軍を結成している事もあり、宇宙レーザーや何らかのアンテナ、ハッキングで攻撃出来る抽象的な装備等を描く事もあった。

宇宙レーザーものでは、最近制作した『オートテル』というパンクバンドのファーストがそうであった。忙しそうに、然し自分達なりに毎日を楽しんでいる民衆が描かれており、その上空では宇宙レーザーが皆を狙っているというものであり、今の社会は結局の処市場原理主義者達が作り上げた無個性の虚構であるという風刺を好むパンクバンドらしいジャケットになっていた。

ボールペンで描いた絵を、今度は写真で撮影する。撮影したものをコンピュータに送り、そこから立体化させて行くのがコバヤシのいつもの手法であった。イラストレーターだけで描く事もあったが、コバヤシの表現力では奥行きが出せなかった。こうしてデータが完成するとそれを印刷するだけだ。

開店にあたり、企業時代に付き合いのあった業務用中古機器販売業者から、印刷会社のオンデマンド印刷で使われている業務用プリンターを格安で購入した。これを、無地のＬＰレコードジャケットに印刷していくのだが、当初あまり期待していなかった物の実際にやってみるとこれが綺麗に出力され、保護フィルムに入れるとあたかも存在しているバンドかの様な質感が生まれ、コバヤシは満足した。

状況に応じて日本版に付けられる帯も作成した。この作業は工程の中でも一番気に入っていた為、出来るだけ多くのバンドに実施したかったが、そこは我慢した。日本版が発売されそうな物にのみ帯を付けないと、価値が無くなってしまうからだ。これによって国内版と輸入盤の棲み分けが可能となり、国内版の方は二八〇〇円、輸入盤は一七八〇円とした。

コバヤシは休業を二週間延長し、アルバム制作に打ち込んだ。ノートブックの切れ端に手書きで、

『アルバム制作中』

と書き、これを店の入口にテープで貼り付けておいた。

労いに来たゴメスは、地球温暖化を気にせずプラスチックの使い捨てカップにアンデスキーパーの白を注いだ。

「アルバム制作中って本物っぽいね」

「そうだよね。これじゃスタジオだよね」

「しかも一ヵ月近くもスタジオに籠ってアルバム制作って、なんか八〇年代とかに売れたバンドが二枚目出す時にやったりするやつみたいだね」

「そうだよ。それで、曲作りに行き詰って雰囲気悪くなってるんだけどさ、ギターのやつとかが突然弾き始めたリフを聞いて『ワオ』と思って名曲が誕生したりね」

連日ゴメスとアンデスキーパー、またはヨセミテロードを空けながらアルバム制作に打ち込んで行くと、店内に並んだ棚には適量のレコード達が並んでいった。ジャンルもメタ

ルだけではなく、パンクロックやニューウェーブ、スカ、ダブ等思いついた物は何でも作っていった。売れそうな作品は大量に印刷した結果、店内には約二〇〇〇枚の在庫が揃った。

一先ずこの在庫量で開店し、営業中に制作して在庫を足していけば良いと考え、コバヤシはダンケレコード店のシャッターを開けた。

七：来客（2）

新装開店後のダンケレコード店は、平均して一時間に一組の来客はあった。彼らは近隣の店を目的としていて偶然通りかかった、または閉店していた期間に何だろうといつも思っていた金のない学生であり、つまり何も売れない。

売れない原因は自分の画力にあるとコバヤシは思っていた。客同士の会話を聞いても、

「なんか知らないバンドしかないね」

「でもやっぱり、レコードって良いよね」

という程度の会話が殆どであり、経営へのヒントは得られなかった。

これ以外の客同士の会話で驚く事もあった。ある時など、コバヤシが販売しているバンドを知っているという客人が現れたのだ。

「何このバンド、全然聞いたことないんだけど」

「え？　ああ、ナシオナル８８ね。結構普通のロックだよ。このアルバムの二曲目が結構

良いんだよ」

といった会話を聞いた。コバヤシは、ついに自分の作品が伝わったのかと驚愕した。実際にはロックに詳しいという設定の青年が連れに対して虚偽の知識と情報を披露し、尊敬を得ようとしているだけであった。この様な場面にコバヤシは何度か遭遇した。

作品について質問してくる客もいた。

「すみません、このバンドって何処のですか?」

「あ、フィンランドのバンドですよ」

「へえ、カッコ良いっすか?」

「お客さんね、ここにはね、カッコ良いバンドしかないんだよね」

簡単な質問ならこの程度で躱すコバヤシであったが、中には細かい事を言う客人もいた。

「すみません、このバンドってフィンランド出身ですか?」

「そうですよ」

「このレーベルって見た事ないんですけど、最近できたばかりのレーベルですか?」

「そうですね、一ヶ月程前じゃないかな」

「え、でもこのアルバムの発売年は一九九七年になってますよ」

「あれ、そうか、あ、じゃあ結構古いんですかね、ははははは」

この様な対応をすると、細かい事を言う客人は調子に乗り、元々特に音楽愛好家と言う訳でもないコバヤシの知識では太刀打ちできない程のフィンランド産メタルの情報を披露して帰って行くなどした。この種類のお客様の話には全く興味を持てずに困るコバヤシだが、お客様を邪見に扱うのも悪い気がする上、よくもまあこんなにフィンランドのメタルが好きだよなあこの人と、寧ろ尊敬した。

客と接すると様々な反省点に気が付く。その一つが、レコードの重さだった。

「あ、これ、中身チェックとかってできます？」

「ああ、そういうのはね、ちょっと出来ないんですよね」

「そうなんですね、ていうかこれ、中身入ってなくないですか？」

とある客に指摘を受けた。確かにそうだと思ったコバヤシは、中に空のレコード盤を入れる事にし、インターネットで工場を探して一万枚発注した。

この対処によって、即座に苦情は来なくなった為、試聴の要望には違う対応が出来た。

「すみません、これ試聴って出来ますか？」

「ああ、それはね、中身が無いんだよ」

「え？　でも中身入ってますけど」

「いや、そういう意味ではなくてね、レコードの盤面には何も刻まれていないんだよ。つまり、音楽は無い。これを買ったとしたらね、君がやる事はね、想像ですよ。このジャケットを見ながら、このバンドがどんな音楽を演奏しているかを想像するんですよ。最近はネットで音楽聴くでしょう皆さん。でもその時にはジャケットの意味がもはや以前のそれとはかけ離れている。これはね、その真逆なのですよ」

「つまり試聴はできない？」

「その通り」

ここまで話が進むと確実に売り上げには繋がらなかった。然しいつかまた、ナシオナル88の二曲目が好きだと言った彼の様に、自分のアートを理解してくれる人が現れる筈であると、コバヤシは希望を持ち続けた。

八：売上

よく確認しなければ完全にレコード店にしか見えなくなったダンケレコード店。客足は乏しかったが、狭い店内の為二、三人の来客が同時に有ればそれなりの人気店の様にも見えた。

とは言え複数名が同時に来店という事も滅多に無く、せいぜい友達同士の通りすがりが入店してその際に二名という程度であった。そうなると店内は常にガラガラであり、一般客にとっては入り難い雰囲気を作り出していた。その様な状況にも拘らず、態々《わざわざ》来店してくれた学生風のロック好き少年らに対してコバヤシは睨みつける、ニヤニヤするといった対応をする為、彼らの再訪は無かった。

開店当月は一ヵ月の来客が一〇名という数字だったが、三ヵ月が過ぎた今月はどういう訳か五〇〇名弱も来客があった。日に一六名程度の計算になる。レコード店が経営していくと考えたらそれでも少ない数字ではある物の、コバヤシは嬉しく思った。

三ヶ月が経過し、ここまで来客を獲得出来るようになったと言っても、未だ売り上げはゼロの状態が続いていた。

コバヤシは売り上げがない事に関しては周囲に黙っていた。黙っているどころか、

「いやあ、今日も疲れたなあ、最近なんか変な客多くてね。商売って思ってたよりずっと大変なんだけどね、感じるんだよね、何て言うかあの、やり甲斐？　ってやつ？　何かちょっとね、こんな風に自分が思うなんてさ、思ってなかったけどさ、自分でやったぶん全部自分に返って来るでしょ？　仕事の充実感が企業で働いていた時と全然違うんだよね」

などとギリギリの線で嘘にならない表現をしていた。

こうなると相談相手は内情を知っているゴメスしか居なかった。

「いやあ、然しそろそろ売り上げを出さないとまずいなあ」

「コバヤシはもっとお金を稼ぎたいの？」

「もちろんだともゴメス」

「でも在庫もあるし、これ以上何すれば良いんだろうね」

「そうなんだよね」

「扱ってる商品は良いんだけどね」

「そうなんだよな。扱ってる商品には自信があるんだけどな〜」

「う～ん」

愚かな人間が二人、出し合う知恵さえ無かった。こうなるともう手の打ちようなど無く、一体幾らあるのかコバヤシの貯蓄が尽きるのを待つのみと言う状況で二人は悩んだが、ただ悩んでいるだけで一枚売れた。

「あすいません、これって試聴とかって出来たりします？」

「いや、ちょっとそういうのは」

「あああ、あ、じゃあはい」

「はい？」

「あの」

「あ、買うんですか？」

「あはい」

コバヤシは無地の白いレコードサイズのビニール袋を取り出し、その中に入れて手渡した。ひょろりとして声が暗いこの若者はクレジットカードで支払おうとしたがコバヤシはそれを断り、すると「ああはい」と言ってすぐに財布を取り出し現金で三〇〇〇円渡して来たが、商品は二八〇〇円であり二〇〇円の釣り銭が無く、ゴメスに二〇〇円あるかと聞くも「現金なんか持ってないよ」と言われ、自分も暫く現金を使っていなかった為にこの客に「釣りがない」と伝えると、「ああああ、はい」と言ってこの客は財布から八〇〇円を見つけ出した。百円玉七枚と五十円玉二枚だったので、コバヤシは迷惑そうにした。売れる事を想定していなかった為、オリジナルのビニール袋も釣り銭も用意が無かった。


「ありがとうございました」

とコバヤシはこの客にお礼を言った。

「見たかゴメス。ちゃんとした物さえ売っていれば、こうやって結果は付いて来るのだよ」

「そうだね、良かったよコバヤシ。あいつ、何を買ったの？」

「そこにある、『テルミー・ビデオ』と言うバンドのファーストだね」

「へえ、これは何？　ニューウェーブみたいな？」

「何だろうね」

「結構ダサいね」

「そう、結構ダサいよ」

「あいつ、センスないね」

「ないね」

「じゃあ、初売り上げの記念にさ、もう店閉めて飲みに行こうよ、コバヤシ」

「そうだね。初売り上げ記念って一回しかないもんね」

「そうだよ！」

まだハッピーアワーの時間ではなかったが、取り敢えず目の前にあるフェリーチェに入り、

「この店で最も新鮮なラガーだ！」

とコバヤシは叫んだ。善人としか言いようの無い外見の店長が最も新鮮なラガーを二杯注いで提供してくれた。

「いやあ、仕事キツかったなあ。今日は全然売り上げいかなかったなあ」

とコバヤシは声を張った。

「コバヤシさんのお店、結構忙しいんですか？」

と店長は気さくに話しかけてきた。

「そうですね。普段はそれなりなんですけど、今日は全然売り上げがいかなくて、ちょっと心配ですよ」

「そうなんですね。でも自分もこの店もう一〇年目ですけど、最初なんて何処もそんなもんだと思いますよ。うちなんて今だって、一日の売り上げが全然ダメな時あって、そう言

う時って焦るんですよね。もしこんな日が今月もう一回あったらどうしようとか、もしかしたらこのままずっとお客さん少なくなっちゃってこれまでの売り上げで積み立ててきた貯金切り崩す事になるかもしれないとか。でもダンケレコード店はなんか、コバヤシさんの様子見てると安心出来そうで良かったですよ」

「そうですね、たまには今日みたいに売り上げが少ない日もあるんでしょうね」

「コバヤシさんて、音楽詳しいんですか？　まあそりゃあレコード店やってるぐらいですもんね。詳しいに決まってますよね」

「いやあ、まあ普通ですよ」

「凄いなあ、なんかカッコ良いな、レコード屋の店長って」

「いやあ」

こうは言いながらも、フェリーチェの店長がダンケレコード店を訪れる事は無かった。その辺りも含めてか、明確に表現できない近寄り難さをコバヤシはこの店長に対して抱いていた。分かり易くかっこ良く、良い人の店長。この店長と話すのも辛くなってきたので近所の中華料理屋へ向かい、一〇〇〇円でドリンク三杯と小皿料理二品が選べるセットを注文した。コバヤシは生ビールと枝豆、よだれ鶏を選択し、ゴメスは生ビールと茹で落花生、ピータン豆腐を注文し、小皿料理に関してはシェアした。

九：苦情

初売り上げを出した事によりコバヤシは存分に調子に乗っていた。これで店も上向きになる。商売繁盛の祈願をせずとも結果が出たと言う事は商売繁盛後の何らかの祈願はした方が良いのではないかと思い、雨が止んだら氷川神社にでも行って聞いてみようと考えていた。然しその後一日が経過し、また次の一日が経過しても、売り上げを出したのは先般声の暗い男性が購入していった『テルミー・ビデオ』のみであった。

「コバヤシ、もしアメリカの大手レコード会社から契約の話が来たらさ、どうする？」

「どう言う事？」

「コバヤシがさ、そのレコード会社に所属しているミュージシャンのさ、ジャケットをデザインする契約だよ」

「いやあ、まさか、そんな事になったらどうしようかね」

「絶対やった方が良いよ」

「まあ、その時に考えるよ。だけどそういうのってバンドから直接話が来るんじゃない？」

「どうだろうね、きっとバンドがプロデューサーにアイデアを伝えて、プロデューサーがそれを具現化できそうな作家を探すんじゃないかな」

「成る程ね。歴史的名盤のジャケットとか作るのも悪くないよね」

「そうだよ、コバヤシ！」

と話していたら、『テルミー・ビデオ』を買った暗い声の若者が入って来た。

「ああ、これあの、中身が無かったんですけど」

「はい？」

「中身が入ってなかったの！」

陰気な感じの若者が突然声を荒げたので、コバヤシは気持ち悪いと思った。そして暗い声でも声のトーンは比較的高いなあとも思った。

「いや、中身は最初から入ってないですけど」

「じゃあ、じゃあ中身のあるやつ出してくれませんか？」

「ああ、中身があるやつは無いんですよ」

「え？えだって詐欺やってるんですかあなた達？　だから僕はお金も払ったじゃないですか」

と早口で更に声が高くなった。

「中身って、音楽が入っているレコードなんて最初から売ってないですけどここでは。ダンケレコード店が扱っているのはアルバムアートなので、中身は自分で感じるんですよ。そもそもどうして『テルミー・ビデオ』のレコードを購入したんですか？　ジャケットがカッコ良かったからですよね？　買った時は中身を自分で想像出来たのに、今は出来ないんですか？　それって、音楽という芸術の鑑賞に関して他人任せにしていると言う事になるんじゃないですか？」

コバヤシがよく分からない理論を言い放つと若者は、「詐欺だ詐欺だ詐欺だ詐欺だ詐欺だ詐欺だ」と呟いた。

「いや良いですよ全然。返金で良いですか？　私達もスラヴ系マフィア集団とかじゃないので、何ならここまでの交通費として一〇〇〇円上乗せしますよ」

コバヤシはたまたま所持していた全財産の四〇〇〇円を渡した。気の毒な若者は客として満足のいくサービスを得られず、足早に店を出て行った。

「凄いじゃないかコバヤシ、見直したよ」

「いやあ、大体『テルミー・ビデオ』なんか買ってる時点でね」

「だけどさ、音楽を鑑賞するんだったらさ、音楽そのものがなければ人任せも何もないいんじゃない？」

「そうだよね」

ははははははは

記念にという事でビールを飲む事とした。フェリーチェにはあまり行きたくなく、かと言って中華もつまらないので『かふぅ』という行ったことのない沖縄居酒屋にした。店員に、飲み放題にすると一二〇〇分で二五〇〇円だと告げられ、通常料金は生ビールが五〇〇円だった為、いやあ、五杯は飲むでしょ、うん、飲むと宣言し、飲み放題を選択した。沖縄の人が食べる豆腐を摘みながらオリオンビールを頼み、メタリカが大好きなゴメスは店員さんにオリオンを注文する際に必ずオライオンと発音する為店員も一瞬戸惑うを繰り返した。四回目にオライオンと言う頃には近所に下宿をする大学生アルバイトも親しみを込めてゴメスに接する様になり、オライオンが話題として有効では無くなった為に、『かふぅ』とはどういう意味かとアルバイトに尋ねると、それは沖縄の言葉で「幸せ」という意味であると伝えられた。ゴメスは驚愕し、それではフェリーチェと同じではないかと叫んだ。どういう事かとコバヤシが詰めると、フェリーチェはイタリア語で「幸せ」だとゴメスは説明した。ゴメスにイタリア語の知識がある筈無いと決め込んだコバヤシは、ではサイゼリヤはどういう意味だと尋ねるもゴメスに答える事は出来なかった。

後日、コバヤシとゴメスはダンケレコード店でしりとりをして遊んでいた。しりとりは詰まらない為、コバヤシはゴメスに店を任せてコンビニエンスストアーへ冷製パスタとスティック野菜を買いに出かけた。暇になったゴメスは店のコンピューターでSNSを覗き、冗談で検索に『ダンケレコード店』と入力してみたら出てきた。レコード愛好家が見るようなグループページへの投稿で、

「『詐欺注意報！！』川越ダンケレコード店。店員態度悪。偽物のレコードしか売ってねえ！」

と書かれていた。面白いと思ったゴメスは、投稿した人物をクリックすると、数日前、丁度暗い声の若者が『テルミー・ビデオ』を買って帰った直後ぐらいの時間に

「『テルミー・ビデオ』のファースト、ついに入手！　しかもアナログ！！！」

と投稿されていた。

コバヤシは冷製パスタとスティック野菜、ついでという事でヨセミテロードの白も買って戻って来たので、ゴメスは凄いものを見つけたと言う様子でコバヤシにこの投稿を見せた。コバヤシは若鶏の胡麻ダレ風味と、トマトとモッツァレラの二種類を買って来た為にトマトとモッツァレラを奪い合うという醜い一幕があったものの、声の暗い若者の投稿を楽しんだ。「嘘つきめ」とコバヤシは思った。

「こうやって折角、あの『テルミー・ビデオ』の奴が宣伝してくれているのだから、ダンケレコード店の公式サイトぐらいは作らないとね」

「そうだよコバヤシ。でもそれはちょっと時間掛かるから、取り敢えずＳＮＳの公式ページを作ってリンクさせれば良いよ！」

「そうだね。今作ろう」

ヨセミテロードを飲んでいた事もあり、コバヤシは少し面倒くさかったのでゴメスがこの、ダンケレコード店公式ページを作成し、先程の声が暗い青年がダンケレコード店を罵倒するスレッドにこのアカウントをリンクさせた。

この公式ページには店の外観、所在地、電子メイル住所等の情報が赤裸々に記載された。


『テルミー・ビデオ』事件から数日後、コバヤシは肌感で客が増えた気がしていた。これは『テルミー・ビデオ』を買った若者のお陰か。単純に開店から数ヶ月が経ち認知度が上がっただけか。またはその双方か。この頃から売り上げも毎日の様に出始めた。コバヤシの対人能力も向上し、

「ああすみません、試聴とかって」

と知らない人に言われたとしても、

「いやごめんなさいあの、試聴とかそういうのは」

とワンタッチで躱す事が出来るようになっていた。この程度の対応で商品を購入する者もあったが、相手がより前掛かりに来た際には、

「あああ、はい。実はここで売ってるレコードって全部音源自体は無くて、そういうアートを売ってるんですよ。買う人がもしジャケットを気に入ったらこれを買って、音源を想像するっていう感じで、逆に言うと世界でもここでしか買えないアート作品ていう感じですね」

といった感じで上手くリトリートしてから展開した。

すると客人は、『世界でもここでしか』という表現に嵌った。実質を伴わない、選挙を如何にして勝ち抜くかを指南する選挙参謀のそれと同様に無意味であった。

デジタルフォーマット時代に一手間かけてレコード店に通おうと考えるレベルの人間からは、一定数の好評を得るようになった。

価格帯に関しても見直し、従来の日本版二八〇〇円、輸入盤一七八〇円は据え置いたが、コバヤシが中学生の頃に輸入盤ディスクを扱う店舗でやたらとU2の『ポップ』というアルバムや、ブライアン・アダムスの『俺は死ぬまで一八歳』というアルバムの輸入盤が安く売られており、興味が無いもののこの価格であれば買ってみるかと思って買った事を思い出し、これに擬《なぞら》える形で低価格帯のセール品も売り出した。そうすると元々コバヤシのアートに少しだけ興味があった層が、一〇〇〇円程度ならという事で購入して行った。コ

バヤシは人を選びながら、

「これはあれですよ、ジャケはカッコ良いけどあの、唯一の欠点は、中には別に音源とかそういうのって無い感じなんですよね何か」

等の説明を加える事もあったが、この説明を受けた多くの人は、

「ああ、そうなんですよね、何かそれ本当あれですよね、やばいですよね何か」

と言って購入してくれる事が多かった。

この様な会話が出来るのも一重に、『テルミー・ビデオ』の若者がSNSにダンケレコード店について投稿したからである。不必要に時間をかけてレコード店を回ろうという人間には、『テルミー・ビデオ』の若者の理論は実際には通用しなかった。「ダンケレコード店は最低」という投稿は、残念ながら逆効果となった。一風変わった皆様方は、最低のレコード店に興味を持ったのだった。

愚かなコバヤシは自分のアートの質のみが招き寄せた好結果と考えていたが、そうであったとしてもSNSがそれをブーストしているのだろう世の中なんてとゴメスが真面な説明をし、そうであればと自分の電子メイル住所を使用してコバヤシのアルターエゴ、佐々木君をSNSの世界に華々しくデヴューさせた。

佐々木君は『テルミー・ビデオ』の若者にもお友達申請し、程なくして認証を受けた。そして手始めに、レコード愛好家の集まるグループページに侵入。

「川越、ダンケレコード店。知らない作品しかない……」

といった類の、ダンケレコード店に関する本質から若干ずれたプラスともマイナスとも取れる意見を投稿した。この投稿はテルミー・ビデオの目にも留まった。佐々木君はダンケレコード店の公式ページもこのグループページ上で何度かシェアした。

こう言ったインターネット活用の手法とアートの販売や選挙の勝ち方を同一線上で捉え小馬鹿にしているコバヤシであったが、一方で世論の反応を大いに楽しんだ。ゴメスが居なかったその日はお昼に鍵を掛けてコンビニエンスストアーに向かい、野菜たっぷり豚しゃぶパスタサラダを買い、そのついでにアンデスキーパーも買った。食べるのも良いが飲むか、飲むのも良いが食べるか。究極の設問とたった一人で向き合っていると、来客があった。

コバヤシは一応、いらっしゃいませの様な単語を発したが野菜たっぷり豚しゃぶパスタサラダは食べ続け、何ならアンデスキーパーも客から見える様に飲んだ。コバヤシと同年代ぐらいであろうこの女性は、店内を入念に調べあげ、殆ど全ての在庫状況を確認した。

女性は、試聴出来るかどうかも確認せずに二枚購入。まさにジャケ買いであった。コバヤシは六〇〇〇円を受け取り釣り銭を渡した。無地の白いビニール袋に二枚入れて渡し、そろそろ本当にオリジナルのビニール袋を作りたいなあと思った。それにしてもこうやって、自分の作品が売れるのは嬉しい。コバヤシはアンデスキーパーを飲み続けた。

十：品川さんの死

コバヤシがダンケレコード店で海老のトマトクリームで作られた冷製パスタを食べていると、一人の若者が客人として来店した。ベルボトムを履いたミュージシャン風の若者。若者は店内の在庫状況を入念に確認し、「店の写真撮ってもいいすか」と質問するのでコバヤシも「いいすよ」と返答した。その後コバヤシの構えるレジ設定の場所にアメダスのセカンド、『ザ・ブルータルマサカー』を持って来て、「マジやばいっすよねこれ」と言うのでコバヤシも「マジヤバいっす」と返答。「この店って全部中身ないんすよね」と言うので、「そうなんすよ」と返答し、「ハンパないっすね」と言ったので「ハンパないっすよ」と返答。「これ、買ってもいいすか」と言うので、「マジすか、いいっすよ」と言ってアメダスを一枚売り捌いた。この若者はインターネットでこの店の情報を見て来店したとの事だった。

「ネットでジャケ見たときマジやばいと思ったんすよ」

「まじすか」

「自分も川越なんで、間違いないいっすね」

「間違いないいっすよ」

と会話し、若者は満足げに出ていった。東京都内の居酒屋でアルバイトをしながらロックバンドでギターを担当しているこの篠山君という青年は、早速帰りの電車でブルータルマサカーを購入した件について、インターネットを通じて赤裸裸に全世界同時公開した。その後アルバイトの為居酒屋へと向かう。篠山君が勤務する居酒屋の人足は偶然皆ロックミュージシャンであり、特に仲の良い四名と、いつかこの居酒屋の名前で皆一緒にバンドを作ろうと何度も話をしているが、余程実現の可能性は見えない。ギターリスト四名。そして居酒屋の名前は『もっくん』。そんな彼らと感覚を共有する篠山君は、以前ＳＮＳで偶然ダンケレコード店について知り、「ヤバイ」という事でその後数日間バイト先での話題となり、最終的には、「お前ちょっと行ってこいよこの店」と他のギターリストに言われ、「いや、マジで行ってみるかな」となり篠山君来店の運びとなった。

インターネットで情報を集めると、「偽物しか売っていない」、「詐欺注意報！」等の酷評も数件見つかるが、面白い物を売っているといった好意的な投稿も複数見つかった。

更に調べていくと一件、以前ダンケレコード店で買い物をした女性が全世界に向け公開していた店のレビューが目に留まった。

東京近郊のレコード店に足を運び、レコードレビューというよりもレコード店レビューの様な記事を趣味で全世界に向けて多数公開している彼女は、訪れたレコード店にどの様な物が販売されているか、店の雰囲気はどうか等事細かに紹介している。数件の記事を読んだ篠山君は、「随分とまた暇な人だなあ」と思った。通常の例えば世田谷にある雰囲気の良い駅前通り徒歩五分程の御洒落なレコード店に関しては、

「二〇一六年三月二一日　世田谷　アポロン：

若者のみならず、東京という町に何十年も住み続ける夫婦や、人間の生活にすっかり馴染んだ街猫達が時々顔を出すこの故郷の様な世田谷区は、和風テイストのモダン建築や、暖かい雰囲気の商店に溢れている。私がこの経堂の商店街を歩くといつも、母親と一緒に買い物に出かけていた子どもの頃の記憶が蘇り、何処か懐かしく幸せな気持ちにさせてくれる。そんな商店街から一歩小道に入った場所に店を構えるこのレコード店、両隣を畳屋さんとお花屋さんに囲まれるなんとも暖かいロケーション。店の前では犬を散歩させる親子、店内は多少狭いがそのコレクションの数は膨大。商業商品は少なく、戦後間もない時期のブルーグラスやカントリーといった滅多にお目にかかれない品物から九〇年代の七インチまで意味のある幅広さで商品を揃えている。一五平米程の店内には狭いからこそ選りすぐりの商品を置くという店長の拘りが見える。『子どもの頃、レコード店のおじさんにたくさんの音楽を聴かせてもらった』という店長の石井さん。『この町の子ども達にも、

デジタルにはない温かなレコードの音を聴いて貰い、その存在価値を忘れないでいて欲しい』と話す。このレコード店は、何処か昭和の香りを残しつつも現代的な雰囲気を醸し出すこの経営者という場所が自然と造り出した住民の気持ちの産物なのかもしれない」

といった、取るに足らない記事を書いている。同様のレビューが一〇〇件近い記事の大半を占めている。然しダンケレコード店のレビューからは彼女の衝撃度が伺えた。

「二〇一七年九月三日　川越　ダンケレコード店：

入り口の看板が視界に入った瞬間に、目眩と吐き気に襲われる。眠った振りをしようにも人通りのあるこの場所では世間から逃れる事など決して出来ないのだ。何処まで自分を隠せるか。簡易的な表現方法ではなく、真実を見つけていく事の難しさを思い知る度に訪れる私の恐怖感は、もしかしたら数日で快楽に変わるのかもしれない。超現実というものは現実の世界でのみ表現される物であり、現実とそれ以外の境目を判断出来るかどうかが問題なのであろう。敗北感に満ち溢れてしまうが、避けて来た現実に向き合う以外に選択肢は無さそうだ。自分が信じて来た真実とは、つまり、安心感を得る為の実態の無い真実であり、現実が全て、必ずしもそこに該当する訳では無かった」

頻繁に更新されていたブログも一ヶ月以上更新されておらず、レコード店レビューはどうやらダンケレコード店が最後となってしまったようだ。

記事を書いた品川さんは大学時代をジャズ研究会で過ごした。高校生まではそれ程音楽に興味を持ってはいなかったものの、軽い気持ちで参加したジャズ研究会の飲み会に於いて一学年上の男性に好意を持たれ、そのまま交際に発展し、その男性から多くの音楽を学ぶ。ジャズのみならず、九〇年代のロックバンド、特にインディペンデントに活動する音楽家達のレコードをその恋人は多く所有していた為、品川さん自身もその辺りを軸として音楽知識を増やしていった。その男性とは間もなく疎遠になるが、品川さんはそのままロック愛好家としての地位を確立していった。元々成績優秀であった彼女は、就職難の時代にも拘わらず知名度を誇る音楽出版社に提出した『ＮＷＯＢＨＭからの反動』というタイトルの論文が好評を得る事となり、そのまま就職し取材を続け、一〇年後に独立。フリーの音楽ジャーナリストとしてＨＲ／ＨＭのバンドを中心に様々なアーティストさん達と交流を持っていった。そんな品川さんはデジタル音源が日本でも主流になって来た当初一〇年ぐらいの間、ＣＤを恋しく思っていた。然しだからと言って自分で金を支払ってまでＣＤを買う気持ちは既に無く、何か物理的なメディアが欲しいとなり、アナログ盤の大きなジャケットに興味を持った。品川さんは元々アナログ盤やジャケットには興味を示さず、「音楽なんだから音源こそが全てでしょ、そうでしょ」と出会う人々に常々語っていた。然し暇潰しに渋谷周辺の中古ＣＤ店に足を運んだ際、このアナログジャケットのアート性を気色良く感じた。サウンドハウスで手頃なヴェスタクスのターンテーブルを注文し自宅に設置。ターンテーブルに埃が貯まるのを警戒しカバーを付け、そのカバーの上には物を置かない様注意するなど工夫を重ねてアナログ盤を買い集めた。その際にどうせアナログならという意識が働き、デジタル音源で聴けるもの、又はそれだけで満足出来るものはアナログでは購入せず、希少価値の高い作品を購入し続けた。然し希少価値の高いものを購入すると、その希少性からオークション等で中古販売した際の事等を想定してなかなか再生しない。つまり、ジャケットだけを見て満足するという状態がこの二年程度は続いている。そんな状況にも拘わらず、社会的地位も確立し世間からも好評を獲得している万能型の品川さんは、自分の評価を落とさない為に、知人等には自分の家の在庫状況を伝えると供にそれが如何に良い音楽であるかという事を説明している。実際には二度も再生されていない場合が殆どであるにも拘わらず、アナログの温かみや曲の良さを説明し続けている。そしてそれを取り繕う様にして自身の人気ブログである『東京レコードあちこち散歩』に東京近郊のレコード店を紹介する記事を書き始めた。出版社時代に培った文章力に文学的表現も付け加えて記事を連発。レコード収集家の間では既に名前の通る存在だった為、多くのレコード収集家は彼女の記事を拝読し、参考にしていた。実際、通常日の目を見ない小さなレコード店にとっては格好の宣伝材料であり、『東京レコードあちこち散歩』

に掲載されたという旨を大々的に自身の店の公式サイトに発表するなどして宣伝を完結させるという連鎖状態に落とし込む事例も多数有った。そんな状況なので、広告費を支払うから自分の店の事も書いてくれという依頼が来る事もあり、然し「自分は市場とは切り離されている」と宣言し何からも拘束を受けずに記事を連載していった。連載を始めて一年で九八件の記事を書くという事は無償で週に二回秀逸な記事を全世界に提供していったという事になる。無償で何かを行うという行為は、彼女自身が考えるアートな私の広報活動でもあり、これに大変満足していた。実際にこのブログから仕事の依頼へと発展する事も何度か有った。特定の範囲内で保たれた自分の世界。評価されて当然という感覚。そんな彼女を破壊したのは、コバヤシの表現手法であった。ダンケレコード店で二枚のレコードを購入し、家でビニール袋からそのレコードを取り出すも、盤面に音楽が刻まれていない。その事を知らなかった品川さんは、最初は「あれ」と思い、時間がある時にまた川越に行って交換して貰おうかなと思うに留まった。然し次の日また次の日と彼女の脳をとてつもなく意味の無いデザインであるパープル・パルチザンというハードロックバンドとテレベーターというプログレバンドのジャケが浸食して行く。童話『三匹の子豚』をモチーフにし、リアルな子豚三匹がそれぞれ本格的な重火器を手にし、大地を覆う程巨大化した狼の魂と闘う写実的なイラストのパープル・パルチザン、無機質な高層ビル群で人工知能の様に歩く数千人の人々を描いたテレベーター。一体どんな曲が収録されているのか聴きたくなった品川さんはインターネットでバンドの情報を探すも見つからない。メディアとして出回っているレベルのバンドであれば全てを把握しているつもりだった彼女は強い不安を抱き始め、そういえばダンケレコード店で販売していた他のバンドに関しても見た事の無いものばかりで有ったたと思い出し、ダンケレコード店の情報を検索すると答えが分かった。

パープル・パルチザンとテレベーター。あのジャケットが何をしていても頭から離れない。何故頭から離れないかというと、聴けないからだ。どんなに頑張っても、音源が無いからだ。然し表面上の状況はどうか。幾ら有名なバンドのレコードを買っても、一回又はゼロ回しか再生していないのと殆ど同じ状況である。では何が拙いのかと言うとその意味合いだ。「聴けない」と「聴かない」では全く違う。「聴かない」物を夢中になって購入するのと、「聴けない」物を購入するのでは受け取り方に大きな差が生じる。聴かないというのは自分の意思表示であり、聴けない事の方が自分の中に憧れと想像力を与える。

品川さんは対処の方法が分からず絶望し、人気ブログにダンケレコード店に関する記事を混乱状態で投稿。そのまま業界から姿を消した。

十一：好評

品川さんの死から数ヶ月が過ぎ、冬も本格化してくる頃にはコンビニエンスストアーではもう冷製パスタを買う事が出来ない事に苦悶するコバヤシに、ゴメスがサーモンとクリームチーズのベーグル、ヨセミテロードを買って来た。

「コバヤシ、こうやって僕は君の為にランチを買って来てあげているのに、どうして店員として雇ってくれないんだ？」

「ゴメスよ、ダンケレコード店が幾ら話題になった処で、人足を増やす余裕などまだ無いのだよ」

「チェえっ、ケチな野郎だぜ、コバヤシはよう！」

と愉快に話しているが、開店から半年を過ぎたダンケレコード店は、どういう訳か世間での話題を獲得し、来客も売り上げも良い具合に発生する状態になっていた。先日などは一日に一五枚売れるという事態が発生し、これは売り上げにすると三万円を超えた。その様な状況がもし毎日続くのであれば、単純計算で月の売り上げが一〇〇万円近くになる。こんな出鱈目なビジネスが一〇〇万円もの売り上げを出してはならない。コバヤシは心の奥底でそう考えているが、然しお金は欲しいと思っていた。

店の家賃は一月二〇万円。原材料費もカッティングしないレコード盤は大量に仕入れる為一枚一〇〇円程度。無地のＬＰレコードジャケットは五〇円程度、印刷代等を差し引いても手元に七〇万円は残る計算になる。「こいつはヤバイ事になって来た」とコバヤシは考え、その話を聞いたゴメスは興奮し、自分を人足として雇うよう提案した。

実際、半年以上労働を避けているゴメスは毎日ダンケレコード店に出勤してくる。まるで店員の様にダンケレコード店に居座り、何ならコバヤシはゴメスに合鍵まで渡しているのだ。この段になりゴメスがどのように自身の生計を立てているのかが全くもって不明であったが、未だ現役労働者であるご両親の家に居候しており、そこに多少の貯蓄と失業保険を持ってすれば半年ぐらい容易かったのだろうとコバヤシは推測している。

ある程度の売り上げを確保出来るようになって来たダンケレコード店も、これはコバヤシの言う通りに油断できない状況であるのは事実。この様な出鱈目なビジネスが年間を通して安定した売り上げを確保する筈が無い。然しまずは今月、来月、再来月と、安定の様子が伺えるのであれば実際にゴメスを店員として雇い、自分は作品に没頭すると言う事もまた有り得る話であった。

その週は合計で一〇〇枚ものレコードが売れた。気が付いたらダンケレコード店は、来客の無い日など無いと言うレベルにまで発展し、次の週もその次の週も、午後四時から午後九時の閉店までは混雑しない程度の来客で賑わいを見せる様になった。気を良くしたコバヤシは、『ダンケレコード店』と書かれたオリジナルビニール袋をついに作成した。カタカナで書かれた『ダンケ』の文字は鋭く、然し動物の毛皮の様な有機性も兼ね備えており、さながらサイバー獣の様相を呈していた。

週に一〇〇枚売れるという事は月に四〇〇枚以上売れる計算であり、ここで初めて問題となったのがコバヤシの想像力である。今在るアルバムの追加はデータ管理で処理出来るものの、レコード店たるもの新製品の追加は定期的に実施しなければならない。店を回しながらアルバム制作も同時に行えるかとゴメスは心配したが、然しプロとしてコバヤシはこのプレッシャーを押し除け、その月は一〇もの新作をリリースした。

ここでコバヤシは、コート七三キロの紙で仕上がりB5の折り畳み式フライヤーも作り始めた。『ダンケニュース』という名前のフライヤーで、新作情報を記載した物だ。それぞれの作品にいい加減なディティルを付与するだけのこの作業は新鮮であり、愉快だった。

一例を挙げると、『トライマス』というスイスのパワーメタルバンドの紹介では、

「広大なアルプスが産んだストレートサウンド。パワーメタルの正統後継者、ついに日

本デビュー。圧倒的なリフとハイトーンヴォーカル。十二分三〇秒の大作『アンノウン・オーシャン』収録！」

等書きながらゴメスとケラケラ笑った。そんなゴメスも我儘を言い、ついに『ダンケニュース』の中に『ゴメスのイチオシ』というポップコーナーを獲得した。

この紙をビニール袋の隣に置き、客人がレコードを購入した際、袋に入れて渡す。ゴメスは時間を持て余す際、予めビニール袋の中にフライヤーを入れておく作業を行った。

こうしてダンケレコード店は月平均の売り上げを徐々に伸ばし、一〇〇万円の売り上げは厳しくも家賃迄は問題なくクリアし、コバヤシの生活費も贅沢を避け、ヨセミテロードで満足する程度であればクリア出来るレベルに到達していった。

平日の昼は何処の店もそうであるように客足は疎らで、昔レコード収集を趣味としていたという高度経済成長期を支えて下さった高齢の方々や、近所の若いお母さんが子連れで来店する程度であった。平日の夕方も、一六時を過ぎると学生らが学校帰りやバイト前などに来店し、一八時以降はスーツを着た若者が近所の居酒屋を巡るついでに来店するなどしていた。週末の客層はアヴェックやミュージシャン風の人、レコード収集が好きそうな人、一般的な目線でオタク風の人、面白い事をやってそうな人などで賑わう。客人の無い時間帯もあったが、その際はヨセミテロードを飲みながら先般訪れた客人を二人で小馬鹿にした。

愚かなコバヤシは、未だにこのダンケレコード店の安定は一重に自分のアートが世間に認められたからに他ならないと勘違いしていたが、やはりSNSが効いていた。コバヤシが生み出したアルターエゴの偽物ユーザー佐々木くんは、レコード収集家の集まるグループページにダンケレコード店の外観や扱っている商品の画像を投稿し、『まさかのアナログ盤発見！』などと記述。これはつまりSNSにおける詐欺アカウントの行動と同じである。当初はダンケレコード店に疑念を抱いていた佐々木くんであったが、徐々にダンケレコード店を楽しむようになっていき、今ではダンケレコード店の大ファンであると公言している。佐々木くんのプロフィール画像は、ポメラニアンだった。複数回ダンケレコード店を自分のタイムラインやグループページへの投稿で褒めると、細かく拡散し数か月かけて兎に角レコード屋さんに行きたいだけの人々の目に留まった。そこで品川さんのようなレコード収集業界の人がある程度の影響力を持ってダンケレコード店を紹介。すると今度は篠山君のような「何か面白い事やりたいっすね」と常に話している程度の連中に拡散し、「ヤバい」となっていった。先送りしていただけではあったが、公式サイトが存在しない点もミステリアスで良かった。更に『詐欺注意報！』などと批判された事も、結果的には来客に繋がった。

コバヤシが戦略的に広報を打った訳では無く、面白がってやった事が偶然拾われたという程度の話だった。

この流れの中で、ダンケレコード店は『一風変わったお店』という扱いを受けているに留まり、殆ど冗談の来客があるだけという事をコバヤシは理解していない。それはチェルノブイリやセサミプレイスの跡地に行く事と殆ど同じであった。人々が面白がって来る場所であり、残念ながらコバヤシの考えるアートの核心を理解している客は、精神崩壊した品川さんのみだとしたらこれは単なる小規模な話題であり、ダンケレコード店が忘れ去られるのも時間の問題であった。

そんなある日の午後、コバヤシとゴメスがなぞなぞを出し合っていると、キッチリとしたスーツで小綺麗な、コバヤシより少し年上の爽やか男性と、痩せていて声の高いペリカンの様な男の二名が来店した。コバヤシはちょっと怖いと思った。二人はレコード収集家の様にシュッシュッシュッシュッと在庫状況を素早く吟味するではなく、一枚一枚ゆっくりと眺めていた。

「面白いよね」

とペリカンが言うと、

「ふーん、面白いね。うん、面白い面白い」

とスーツは余裕そうに返答した。

スーツはすぐに出て行ってしまったが、ペリカンは『ドクター・ビョーンセン』というアーティストのダブアルバムをレジへと運んだ。ジャケットには多くの鳥が描かれていたので、もしかしたらペリカンである自分と共感したのかもしれないとコバヤシは思った。ダンケレコード店と書かれたビニール袋に入れ、クレジットカードで払おうとしたペリカンに対して現金のみだと告げるとペリカンは困り果て、軒先にいるスーツの所まで行き、

「現金だけとか言ってんすよ。ある？」

と聞くと、スーツは
「まじか、あるよ」

と言いながら財布から一万円札を取り出しペリカンに手渡した。

ペリカンは申し訳なさそうに一万円札をコバヤシに渡し、コバヤシは釣札を渡した。

二名が出て行くとコバヤシとゴメスは取るに足らない客だったという体でまたワインを飲み、ゴメスはペリカンのモノマネをしながらなぞなぞの出題をした。この来客以降もサラリーマン風の男やお洒落な店と間違え入って来た女子等、多くの客人が訪れ、五枚のレコードが売れた。五枚売れるという事は一万円以上の売り上げがあり、悪くはない。夜も九時を過ぎると周辺の商店達はシャッターを下ろし始める為、コバヤシも労働意欲を削が

れる。昼時より飲みながら接客をする事が日課のコバヤシであるが、この時間になるとやはり居酒屋にでも行きたくなる性分であり、ゴメスとこれを相談し即決。沖縄居酒屋『かふぅ』へと向かった。

十二：百人一首Ⅱ

大変混雑している沖縄居酒屋でコバヤシとゴメスは、『百人一首Ⅱ』という歌留多を作ろうと様々なアイデアを出し合っていた。大ヒットを記録した『小倉百人一首』とは全く別の百人を創造し、夫々に一句詠ませるというものであった。コバヤシには文才が無い為これは然し困難を極めるだろうと、当初コバヤシも「いやあ、詠めない詠めない」等言っていたものの、スマートフォンを駆使してそれっぽい漢字を表示させ、『源抄延』や『新代敬之助』など、一句詠みそうな存在すらしていない先人をゴメスと供に創造する作業は愉快であり、創造し始めるとこれが止まらなくなってしまい、いやあ楽しい楽しいと生ビールを次々追加していった。五杯目のオライオンを注文すると、やはり飲み放題にしておけば良かったとコバヤシは少し後悔したが、楽しさに満足し、これ以降二人の会話は最早正式な会話の体を成さず、暫く黙ってから何方か一方が、

「左大臣峰嗣」

などとスマートフォンを見せながら発し二人で爆笑。今一度黙り込み二分後ぐらいにもう一方が、

「清露」

などとカウンターを繰り出し再び爆笑するを繰り返す状態になっていた。

いよいよ何も思い浮かばなくなってくると、店内にいる他の客を見渡し、目に付いた客の歌人風異名を考え始めた。調子に乗ったコバヤシは、「昭島公仁」、「黒部兼成」、「日照太子」、「高麻呂」と四連鎖を繰り出したが、その高麻呂は先程ダンケレコード店で訳分からない作品を購入したペリカン風の男だった。その事に気がついたゴメスは、「あれはさっきのペリカンだ」と興奮し、コバヤシもそれを確認した。ゴメスは、折角ペリカンという異名をその人物に当て嵌めて得をした気持ちになっていたにも拘らず、そのペリカンに更に「高麻呂」と名付けてしまった事を勿体無いと思い、これではワンガリ・マータイさんに注意されると考えたコバヤシは、それでは是非、スーツの方を高麻呂にしようと提案。ゴメスも、スーツと呼ばれる男は首都圏に五万人程度は居る筈だと言いこの提案に賛同した。

「コバヤシ、高麻呂と一緒に飲もうよ」

「嫌だよ、だってあいつら、在りもしないどうでも良いバンドの偽レコード買って帰ったんだよ」

「だから面白いじゃないか、マーケティングだよ、コバヤシ」

と言ってゴメスは自然とまずトイレに行き、帰りに今気がついたフリをして、

「あの、さっきのお客さんですよね」

と話しかけるが、高麻呂もペリカンもお前誰だという感じで、

「はい？」

と冷ややかな態度をとり、体全体で迷惑だと表現した。怖くなったゴメスは「ああっすいません」と、情けない表情を浮かべながら小声で言い、コバヤシに向かって遠くから変な顔を見せ、小さく体の前で手を振りながら席に戻って来た。

「誘おうとして話しかけたら、『はい？』ってやられたから怖くなったよコバヤシ」

「そうか、なんかあの二人怖そうだもんね」

「もしかしたら僕達の外見を覚えていないんじゃないかな」

「まあ、我々は顔も体型も服装も、何処にでもいそうだからな」

「歌でも詠まない限りダメだね、コバヤシ！」

と話していると高麻呂が席を立ちこちらに歩いて来た。

「まずい！」

とゴメスは叫んだが、そういう事では無かった。

「ダンケレコード店の方ですよね？」

と高麻呂はコバヤシに話しかけてきた。

「はい？」

とコバヤシは訳が分からないフリをしてみた。

「あ、すいません、私ですね、先程ダンケレコード店に行って来たもので」

「ああ、そうなんですね。有難うございます」

「いやいや、面白いお店でして」

「とんでもないですよ。何か買われましたか？」

「はい、仲間が一枚買わせて頂きました」

「へえ、そうなんですね。有難う御座います。お客さんも沢山来てくれるので、ちょっと覚えてなくて失礼しました」

「とんでもないですよ。お忙しいでしょうし、客一人ひとりの顔なんて覚えてられないですよね」

「まあ本当言うとそうなんですけど、唯、そういう処はしっかりとしないと、客商売できないよなあって最近思うんですよね」

「あの、良かったら一緒に飲みませんか？」

「ああ、是非」

と言って高麻呂は店員に指示し、コバヤシの席の隣のテーブルを合体させて四名が座れるようにした。高麻呂は店員に対して少し粗略な態度を取っていた。高麻呂とペリカンはそれぞれを山下だの本田だの何だのと名乗っていたが、コバヤシとゴメスの中では高麻呂とペリカンであり続けた為何でも良かった。ペリカンは店員に「生四」と叫び、ダンケレコード店について聞き取りを始めた。何故この様な店を始めたのか、前職はどうであったか、売り上げの塩梅はどうか。一般的なつまらない質問をされるも、コバヤシは大物になったつもりで一問一答形式で答える。然しコバヤシは百人一首Ⅱが気になって仕方がなく、

「ダンケレコード店はどうでも良いので、今日は百人一首Ⅱを一緒にやりましょう」

と二人を誘い、百人一首Ⅱとは何の事を言っているのか分からないと態度で示した高麻呂とペリカンに、百人一首Ⅱの詳細を説明した。高麻呂とペリカンも、「ああ、面白いですね」とそのコンセプトに賛同したものの、『平清林』、『源頼夕』等、本当につまらない事を言い始めたのでゴメスは気分を害した。百人一首Ⅱはやめ、最後にとオリオンをもう一杯ずつ注文すると、高麻呂は何か自分の会社の説明をした。コバヤシは然し大分酔っ払っており、高麻呂の話を聞く余裕など既になく、「へえ」や「面白いですね」を繰り返した。挙げ句の果てには、

「今度何か一緒に面白い事やりましょう」

と言われてしまう始末で、

「良いですね、何か面白い事できそうですね」

とコバヤシも答えた。高麻呂とペリカンはコバヤシに名刺を渡し、お会計を済ませて帰って行った。

十三：新作

　コバヤシは新作を作るフェイズに突入した模様で、ここ数日は作業に没頭していた。多岐に渡ったジャンルを取り扱うレコード店としていたが、結局の所はメタル、パンク、プログレ等のコバヤシが聴くようなバンド以外には殆ど何も思いつかなく、大して興味の無いソウル音楽のジャケットやアーティストを考案してみようにも、「こんな感じね」、「あぁ、これ系ね」のレベルで留まってしまい、北欧メタルの様なディティルを出す事は出来なかった。最近コバヤシが気に入ったのは、『アレクセイ・ザザ』というプログレバンドで、以前より気になっていた人名をバンド名にするパターンであり、ギター、ギター、ベース、ドラムの四人編成。プログレなのにキーボードがいない所が良いと、コバヤシは思っていた。ＳＦを題材にするタイプのバンドで、宇宙空間に人工的な惑星と月が描かれた三枚目の『ミクロ・ポリゴン』が傑作という事だった。

　ミクロ・ポリゴンの出来栄えに満足したコバヤシはそのジャケットを店内の目立つポジ

ションに配置し、ゴメスが買って来たヨセミテロードを飲みながら眺めた。遠くから腕を組み眺め、角度をつけて眺め、店の外から店内を覗くように眺めた。この時期になり、ついにコバヤシは、自分のアートという物に更なる自信を持ち始めた。

「ミクロ・ポリゴンは売れる」

コバヤシは無意味に確信した。

プロフェッショナルであるコバヤシは、客足の少ない平日の午前は新作に没頭し、お昼時になるとゴメスが買ってくるヨセミテロードを飲みながら怠惰な午後を過ごし、偶に来る客人を揶揄うというルーティンを確保した。

「あの、これって試聴盤ありますか？」

と訊かれると、以前は上手く対応していたものの、創作に対する身勝手な自信と若干の知名度を得ただけにも拘わらずコバヤシは調子に乗り、

「レア盤なんで、ちょっとそういうのは出来ないっすね。すんません」

等と突き返す程度ならまだしも、

「いや、皆さん知ってて買われて行くんで、そういう感じならネットで買って貰えたら」

といった対応のレベルは次の段階であり、

「はあ、いやいや」

と言いながらニヤニヤしたり、最悪ではその客を一瞥しすぐにゴメスと目を合わせて変な顔をするなど、大変失礼な態度を取る事によって優越感に浸っていた。


週末は氷川神社に行く学生や若者が店の前をよく通った。周囲にはウェブ社会で評判を得るレストランが多くあるらしかった。コンビニエンスストアーの食べ物ばかり食べるコバヤシはこの世界観に興味がなく何も知らなかったが、どうもそのような場所に興味を持つ方々が、ダンケレコード店をお洒落な店と勘違いして来店する傾向もあった。ある程度の売り上げを確保するようになってから、こういった客をコバヤシは見下していた。


そんなレベルの若者二人組が店の前を通り過ぎる時、一方の若者がダンケレコード店に興味を持つ。外から店内の様子を伺い、何やら話をして中に入ってくる。

ゴメスが面白がって「いらっしゃいませ」とニコニコしながら言う。

「全然分からない」

「何これ、知ってる?」

といった会話を静かにするに留まり、

「へえ」と言ってニコニコしながら「行こう」と、店を出ていくという客層であり、コバヤシもゴメスも、こういう客が来ると店内でワイン飲んでるのも何だか悪い気がちょっとしてしまうのでハッキリ言ってこの様な連中は邪魔だと考えていた。

一方で週末には態々《わざわざ》ダンケレコード店を目指して来店する客人も多く、一度に何枚も買っていく者もいた。そんな人のお陰で生活出来ているコバヤシではあるが、何故こんな物を買うのだろうと流石に疑問に思う事もあった。

「稀に何枚か買っていく人がいるけど、あれは何なんだろう？」

「まあ、欲しいんじゃない？」

「欲しいから買うの？」

「そうだよ。欲しいから買うんだよ」

「何で欲しいのかな？」

「分からないよ、コバヤシ」

「今度そういう客が来たら聞いてみてよ」

「嫌だよ」

「いいじゃないか、頼むよ」

後生だと言われたゴメスは複数枚のレコードを購入した客に、ニヤニヤしながら

「これ、買ってどうすんすか？」

と質問してみた。

「いや、なんか面白いかなと思って、部屋に飾るんすよ」

というのが多くの回答だったが、映画の美術スタッフさんや内装さん、カフェのオーナーらも用途別に買いに来ていた。そのような利用方法にはゴメスも驚き、居酒屋なんかに飾ってあったら嬉しいと思った。然しゴメスが好きな居酒屋はお刺身と日本酒を楽しむ居酒屋であり、そんな場所にはコバヤシの作品は合わないなあと思った。然しならばむしろ答えは出ていると思った。コバヤシに頼んでそのような居酒屋にピッタリのレコードを作って貰えば、その居酒屋で良い気分が味わえるに違いないと思った。きっとそのレコードジャケットには、『大漁』という文字と供に、リアルなマグロやエビが描かれているのだろうと思った。然しそれだと、『大漁』というバンド名と間違われるかもしれないなと、ゴメスは思った。


「だからコバヤシは、レコードだけではなくもっと色々な仕事の依頼が来るかもしれないね」

「そんな訳ないだろう。大体私はレコードジャケット以外に何も作れないよ」

「デザインの依頼とかも来るかもしれないよ」

「そんなのやりたくないね、大体それが嫌で会社辞めたんだしね」

「そうだよね。やはりこの店が最高だね」

「そうだよ」

「ダンケレコード店の為に」

「ダンケレコード店の為に」

と言ってヨセミテロードをグラスに追加した。

このような日常。好きな事だけをやり、過ぎ去っていく毎日。こんな怠惰な生活で良いのか！　将来、今を振り返った時に後悔はしないか！

そんなことの一切を考えないコバヤシには今の状況が十分であった。今後の事を想像する力を持ち合わせていないコバヤシは、今は今と思い新作を作り続けた。

十四：コンサル

少しウェブの世界で評判があった処で、このような出鱈目なビジネスが長続きする筈は無い。コバヤシは客が再び遠のく日を危惧していた。冬の終わった川越でコバヤシは、ゴメスと二人店内でヨセミテロードを飲む以外にやる事は無かった。今は生きていられる収入はあるが、今後どうだろうか。きっとこれが経営の苦しみなのだろうとコバヤシは思った。然しだからと言って、何か具体的に前へ進む方法を考える能力など無い。

仕方がないのでインターネットで始祖鳥の大きさについて調べていると、店の前で電話している男が目に入り、どうも来店しそうな雰囲気だった。

「やれやれ、お客さんだぜ」

と言ってゴメスは変な顔をしてコバヤシを見たが、コバヤシは「あ」と言ったのでよく見ると高麻呂だった。高麻呂は一人だった為コバヤシは、「高麻呂はペリカンと一緒にいてこその高麻呂だなあ」と思った。

高麻呂はダンケレコード店の扉を開けると、まるで親しい友人かのように、

「うっす」

とやりながらコバヤシに近づいて来たので、コバヤシは何だこいつと思った。

「どうあれから、売れてる？」

「はい。それなりにですね」

「そっか良かったよ」

「あれはどうしてんですか？　あのペリカンみたいな人」

「ああ、山下くん？　は働いてるよ。後で会うけど」

「そうなんですね。買い物に来たんですか？」

「いや、まあちょっと顔出しただけだよ」

と言って親しげに話をしてくる高麻呂は薄気味悪く、正直沖縄居酒屋で会ったのは一週間も前ではないのだが、その際の会話の内容等全く覚えておらず、にも拘わらず高麻呂は「例の件」と何回も言うので、この男に借金でも申し込んだだろうかと不安になってきた。コバヤシは決心して例の件とは何かと聞くと、「契約の件」と言った。何がなんだか全く覚えていないコバヤシであったが、「ああ、例の契約の件ですか、なんだあ、それならもう最初からはっきり言って下さいよ嫌だな」と返事した。

電話の用事で高麻呂が一旦軒先に出ると、コバヤシはゴメスに確認した。

「私は何を契約するんだ？」

「知らないよコバヤシ」

「沖縄居酒屋で何か話したかな？」

「百人一首Ⅱの話ぐらいじゃないかな」

「百人一首Ⅱ？」

「そうだよ、百人一首Ⅱ」

「何だっけそれ」

「百人一首Ⅰの続編を作ろうって話したじゃない」

「ああああああ、何かあったね」

「そうだよ、百人一首Ⅱを作る契約でもしようとか言ったんじゃない？」

「そうかね。それは困ったなあ、人名までは何とか一〇〇人考え出したとしてもね、あれがね、あのタッチの絵がね、僕にはね、描けなくてね」

「大丈夫だよ！　コバヤシ！」

ゴメスはコバヤシを励ました。


店内に戻った高麻呂は、レジの前に立ちアンドロイド形式のタブレットを得意げに見せながら、『合同会社ジブンプランニング』の説明を始めた。頑張って作ったパワーポイントの資料をコバヤシは惨めだと思い、会社のロゴはお金を出して有名なデザイナーが考えたと言う話をするので、酒無しでは聞いてられないと感じ取ったコバヤシは、ヨセミテロードを注いだ。高麻呂にも勧めたが、「え？　いやいや、昼から飲むの？」と断られた。高麻呂は色々と話をしていたが、コバヤシもゴメスも、『ジブンプランニング』という会社名が面白くて仕方がなく、高麻呂が話す一切の文言を消化する事が出来なかった。ゴメスは、『ジブンプランニング』と言う言葉を発したくて仕方がなくなってしまい、

「ごめんなさいもう一回ちょっと確認なんですけどあの、その、『ジブンプランニング』っていうのはつまり……」と言うと、

「ええ、すいません分かり難くて、あ、前回お渡ししたのですが場所が場所でしたからね、改めてあの、こういう者です」

と言って高麻呂は二人に名刺を渡してきた。高麻呂は立ち上がって両手で名刺を差し出し頭を下げた。この様子を滑稽だと感じたコバヤシとゴメスは、座ったまま片手で名刺を受け取った。もう片方の手にはプラスチック製の使い捨てカップを持っていたからだ。名刺には『合同会社ジブンプランニング代表・藤田泰祐』と書かれていた。コバヤシもゴメスも、「あれ？　高麻呂ではないのか」と思った。高麻呂の本名が高麻呂ではないと分かった今、本人に対して何と呼べば良いのか、コバヤシは困惑した。この男の事を影で高麻呂呼ばわりするのは自分達の勝手だが、本人に高麻呂と呼び付けては失礼であり、もし

そうするので有ればある程度の説明をする必要がある。コバヤシは高麻呂がスライドを移行させてジブンプランニングの説明をしている最中に考え、高麻呂の事を「代表」と呼ぶことにした。本当は社長が良かったのだが、名刺に代表と書いてあったのでこれは仕方がなかった。高麻呂のスライドには球体が三つ描かれており、各球体には赤、緑、黄色の淡い配色が施されていた。それぞれの中には、『パッション』、『ディスカッション』、『ソリューション』と書かれており、それらが少しずつ交わっていた。

高麻呂は京都で生まれ育った。幼い頃に父と死別し、母親と母親の両親と共に暮らした。父親のいない寂しさはあったが、祖父母の家は良家であり、左京区で和菓子屋を明治時代から営業している家で、暖かい家庭に恵まれたと言えた。義務教育期間は成績優秀であり、運動にも秀でていた為クラスでも中心人物。小学校時代から愛犬であるジャーマンシェパードのサニーくんと共に祖父母の和菓子屋を手伝い、これを愛くるしいと感じた近隣住民は店の売り上げに貢献した。外国人観光客からも好評を得た。高麻呂としては「ハロー」「サンキュー」ぐらいしか言っていなかったものの、『英語が得意！　小学生店員とサニーくん』という形で朝の情報番組でも複数回取り上げられるなどした。

高校も府内有数の進学校へ進み、ハンドボール部に入部。一年生からレギュラーの座を獲得し、三年次にはキャプテン。地区大会を制しインターハイでベスト十六まで進むも埼玉県の高校に敗れてしまった。泣き崩れるチームメイトに、俺達の戦いはこれで終わりじゃねえだろ！ 人生今からがスタートだろ！ 俺達ずっと仲間だろ！ と励まし、チームメイトも、結果など関係ない、皆で過ごしたこの三年間に得た物が自分達にとって一生忘れない大切なものであると感じた。この頃には高麻呂は既に、部活のチームメイトのみならず、周囲から絶大な信頼を得る精神的支柱となっていた。然しその試合の後、高麻呂は一人、鴨川の辺りで泣いた。その様子を見守っていたのが、那子である。三年間ずっと高麻呂に想いを寄せていたが、素直になれなかった。那子は近くのローソンで『お～いお茶』を二本買い、高麻呂の隣に座り、いつもの強い高麻呂が皆好きだが、自分にもっと正直な高麻呂の事も皆好きな筈だと伝えた。

大学受験に気持ちを切り替えた高麻呂は法政大学に入学。大学でもハンドボール部に入り、関東リーグでは準々決勝進出も経験した。上智大学に進学した那子とは東京での生活を助け合う仲であったが、二年の春からは本格的に交際をスタートさせた。居酒屋でのアルバイトも元気良くこなし、バイト、部活、恋愛、学業と大忙しであった高麻呂だが、大学での勧誘を切っ掛けにボランティアにも参加した。日本の貧困問題、無縁社会、孤立問題に取り組むボランティア団体で、『トゥ・ザ・和あるど』という名前だった。高麻呂はこの活動に熱心に取り組み、三年次からは片親の子供に遊び場を提供する非営利施設『ＡＳＯＢＩＢＡ』の代表を任される事になった。生活は忙しかったが、那子の支えもあってむしろ充実した毎日だった。就職難の時代ではあったが、大学卒業と同時に高麻呂は国家公務員になった。私大卒では入省後に苦労すると大学の就職課の職員から指摘されたが、学生時代のボランティア経験を活かして厚生労働省の職員となった。当初は地域福祉課に配属されたが、優秀な働き振りから二年後には労働基準局、その二年後には経済産業省に出向。その頃那子とも結婚し、達也という子供も生まれる。厚生労働省に戻ると職業能力開発局に入り、三五歳になる頃には育成支援課の係長になった。達也が小学校を出る頃、上手くいかない国政と国民の間に存在する違和感を持ち始めた高麻呂。より良い社会を実現する為に何か自分にも出来る事はないか。そんな事を考えていたある日、『トゥ・ザ・和あるど』が財政難を理由に解体されるという話を耳にした。学生の頃、あの仲間達が居たからこそ今の自分がある。那子に相談すると、「麻呂くんの思う通りにすれば良い」と言うので、学生時代の仲間を集め『トゥ・ザ・和あるど』を自分の手で守る事に決めた。『トゥ・ザ・和あるど』は非営利団体である点を守りたかった高麻呂は、国家公務員を辞職し自らこの非営利団体の母体となる会社を設立。こうして設立された『合同会社ジブンプランニング』は、高麻呂を代表としてそれぞれ各分野で成功を修めた仲間達によって構成されていた。

高麻呂の説明を全く飲み込めずにいたコバヤシであったが、今のスライドには三つの球体はもう描かれておらず、代わりにピラミッドが描かれていた。但しそのピラミッドは階層が多く、バラモン、クシャトリア、バイシャ、シュードラだけでは不足していた為、コバヤシには何が何だか理解できなかった。スライドは、『ジブンのミライ、見えますか？』という問い掛けで締め括られた。


結局何が言いたかったのか分からなかったというか全く高麻呂の話を聞いていなかったコバヤシは、「今度事前に連絡してから来てください」と高麻呂に告げると、

「はい、そうですよね。突然すみませんでした。今日の話を後でメールしますね」

と爽やかに笑い、高麻呂はダンケレコード店を出て行った。

ゴメスは、あの如何にも自分は良い人ですみたいな感じがダサいと言い、コバヤシもそれに同意した。そして二人でジブンプランニングに匹敵する会社名を考えようとするも、思い付いたのは『株式会社ＩｒｏｄｏｒＩ』や『和インバーコバヤシ』などの貧弱な名前のみであり、全く歯が立たなかった。

十五：中古レコードの販売

嘘をつく事の出来ないコバヤシは、高麻呂との契約を全うせねばこれは不義理であるという強い気持ちから、『百人一首Ⅱ』の制作に集中していた。ゴメスも毎日店番を手伝い、コバヤシが表に出る必要の無いよう、前線で確実な仕事をこなした。中身よりも先に百人一首Ⅱの入っている箱のデザインが完成した所で、お昼にしようとコンビニエンスストアーに行きよく冷えたアンデスキーパーの白を開けると、高麻呂からのメールに気が付いた。契約内容や、先日ダンケレコード店を訪れた際に高麻呂が二人に説明した内容とその補足だった。

「先日はありがとう！」で始まるその文体は、何故だかコバヤシを不快にさせた。合同会社ジブンプランニングの説明と、ダンケレコード店と一緒にやりたい事が書いてあったのだが難解。分かり難い文章で、ジブンプランニングは簡単に言うとコンサルタント会社であり、これまで商店街の活性化や店舗の再生と拡大に貢献してきた実績があると書かれていた。高麻呂は現在、ダンケレコード店が所属するアズマ商店街の活性化を目指しているという。使われていない古い倉庫や、空き家がこの周辺にはあるので、そういった場所を利用し、再生し、拠点とし、若者にアピールするアートスペースを創造し、その創造が周辺で面白い事をやっているクリエイター達の創造に繋がるといった様に何回か読んでも理解し難い文章と内容が書かれていた。

何だか良く分からないなあと、ゴメスは思った。この商店街を地域活性のモデル地区とし、そこに高麻呂がオーガナイズするボランティア団体で面倒を見ている学生達が中心となり、親の居ない子供や貧困家庭の子供達も参加して何か面白い事をやりたいと書かれていた。そしてダンケレコード店はこれに協力し、空き家で開かれるアートイベントにコバヤシの作品を出品して欲しい。これによりダンケレコード店の知名度も上がるという筋だった。更に、ジブンプランニングは、ダンケレコード店が安定した収入を得る為のアドバイスをアートイベントの様子から判断し、そのアイデアを元にして利益を出した際には決まった割合の手数料を頂くといった内容だった。

「え、コバヤシ、つまり、百人一首Ⅱは関係ないの？」

「そうみたいだね」

「なんだ、じゃあ全然意味無いじゃん」

「そう。全然意味無い。幸い、まだ苦労して歌を詠む段階にまでは行っていなかったのでそこは助かったね。肩の荷も降りた感じするし、契約とか良く分からないから無視で良いよね」

「うん、無視で良いと思うよ」

と言いながら良く冷えたアンデスキーパーを昼から飲み、「その空き家とやらの見当をつけてやろう」とゴメスは提案し、コバヤシもこれに賛成した。シャッターは閉めず、「まあ、取られる物なんて何も無いんだけどね」と言いながら鍵だけかけて商店街に出た。涼しく天気の良い午後、プラスチックのカップを片手に商店街を歩くと、これっぽいねという空き家が確かにあった。大きいし、この家が綺麗になってイベント会場にでもなったら確かに良いと誰でも考えそうだなとコバヤシは思った。でもそれを実行に移すのは個人ではなくやはり業者が入って本格的な資金導入が無いと難しいんだろうなとゴメスは思った。要は金かとコバヤシは思った。その空き家の前でワインを飲み、暫くの間、ジブンプランニングの説明をする高麻呂のモノマネを二人でした。

この日以降、二人の間で高麻呂の話題は出なかった。コバヤシも百人一首Ⅱの事は忘れ、本来のアルバム制作に打ち込んでいった。もうすぐゴールデンウィークなので、車で三時間ぐらい走って渓谷にでも行き、革袋に入れたワインを川の水で冷やしたいという話を店でしていると、また高麻呂が来た。高麻呂の事などすっかり忘れていた上に、メールにも返事しなかったコバヤシは気まずかった。更には高麻呂の本名をまた忘れてしまっており、これはマズイと思ったがそういえば代表と呼ぶと決めていたのだと思い出した。

「うっす。店、どう？」

「まあ、代表が来店してくれたのってもう一ヵ月前ぐらいですよね、あの頃は何か少し売れてたっていうか店の家賃払って自分が生活するぐらいの収入はあったんですけどね。最近はギリギリという感じですよ」

「へえ、そうなんすね。ここって変な話、家賃幾らぐらいなの？」

「ここは二〇万円です」

「ああ、そうなんすね。そんなもんすよね」

「そんなもんですかね」

「ええ」

「今日は、何か買いに来たんですか？」

「あっはは、そうっすよね。ここ店ですもんね。僕もね、仲間にこの店の話はしたんすよ。皆、面白いなって言ってますよ」

「面白い？」

「はい。面白いって評判ですよ。ただほら、ちょっとこれだけだと取っ付き難いでしょ？　だから僕思ったんですけど、普通のレコードも売るってのはどうですか？」

「は」

「普通のね、実在する中古レコードも販売するんですよ。そうするとそれ目当てに来るお客さんとかいるでしょ？　必然的に客足は増えるじゃないですか、そしたらついでにコバヤシさんの描いてる作品も見て、これは面白いとか言ってインスタとかに上げてくれたりするじゃないですか、そうすると結局本来のやりたかった事に近づくじゃないですか。ちょうど仲間にその話したんすけどね、やっぱあれだって、そうした方が良いっていうかそうしない意味が分からないって、結構皆んな言ってんですよ」

「は」

「それで、もしあれだったらこの前も話しましたけどそういう事全部やるんで、いいっすよ全然」

企業に勤務していたコバヤシはこうした外部から当然これが正しいとされる意見の圧力に屈する形でその職を思い切った経緯が在る為、見ず知らずの人間を店の経営にタッチさせる事には抵抗があった。随《したが》って当初これを断るも、その後も高麻呂はしつこくコバヤシにメッセージや電話で連絡してきた。高麻呂とは距離をおいて付き合いたいコバヤシだったが、その中古レコードのアイデアを考えるだけ考えてみますと伝えた。すると高麻呂は畳み掛けるように、知り合いで店を閉める中古屋があり、そこからこの店に十分な数のレコードを一気に仕入れられる。その店も助けたいし、お互いに良いのではないかと提案し、先ずはそれだけでもやってみて悪くないという話になった。高麻呂の得意とする人助けである。

コバヤシはこの中古レコード販売に関して、嫌ならやめればいいしと思っていい加減に受諾。二週間後、約五〇〇〇枚の中古レコードが運ばれて来た。しかし意外にも、これは高麻呂の言う通りに店内が老舗レコード店さながらになった。店内の様子に興奮したコバヤシとゴメスは、スマートフォンで写真を撮っては「おお、それっぽい」と言いながら自分が撮影した画像を見せあった。

その際に注意が必要だった点は、商品の内容だった。高麻呂は、ロッド・スチュアートやクイーンのレコードを入荷しており、これには流石のコバヤシも狼狽えたが、ハッキリ言って中古レコードに関しては本業とは関係の無い何方でも良い商品で在る為我慢した。出来ればメタル専門にしたかったが、そう都合良く中古の在庫が手に入るものでも無いのだろうと思った。ゴールデンウィークも過ぎ梅雨に差し掛かる頃には客足も以前の様に回復し、店としての知名度も上がって行ったがコバヤシが売りたい物を売っている訳では無かったので何とも言えない感覚であった。店が繁盛し、知名度が上がるという意味では高麻呂の言う通りであった。そしてその傍らでごく稀にコバヤシの作品が売れるというのも高麻呂の言う通りであった。コバヤシが釈然としないのは、自分の作品を売る為に開業した店であるにも拘わらず、その自分の作品は「ついで」という扱いになっている所だった。

然しでは、この客の流れを止めるのかと言われたらいや待ったとなってしまう。高麻呂も程よくコバヤシから距離を置いた。一ヵ月程様子をみて、ほらね、僕の言った通りでしょという状況を作り出した後、契約の話を持ち出した。

「この前の契約なんだけどね、例の商店街の活性化イベント。これにダンケレコード店も参加して欲しいんだよ」

「で、ダンケレコード店は何をしたらいいんですか？」

「前にも話した通りだよ。ここから五〇メートルぐらい先の空き家を買い取ったから、うちの施設にするんだよ。そこでは地域の子供達やアーティストが集まって何か面白い事やるつもりだよ。そこでダンケレコード店の作品を展示するんだよ」

「いやまあ、そのレベルで良いなら全然やりますよ」

「良かった。孤児院の子供達なんかにコバヤシ君がアートを教えたりさ、出来るだろ？そういうクリエイティブな事」

返す言葉も無くとても嫌な気持ちのまま合意したコバヤシは、そのつまらなそうなイベントの企画にダンケレコード店として協力するという書面にサインをした。書面には、高麻呂が以前説明した通りに、このイベントから始まるアドバイザリー契約の文面も含まれていた。

十六：公式サイト

中古レコード屋みたいになってしまった店内。然し客が来るのでそれなりにレコード店としての地位を確立した様にも感じていた。

つまらないのでコバヤシは、先送りにしていたダンケレコード店公式サイトを作成した。トップページは全面水色。ダンケレコード店のロゴがバウンスし、画面上四角形の各辺に当たるとロゴの色が変わり、反発係数に則った角度で跳ね返る仕様になっていた。跳ね返る度にロゴは、白、赤、緑、黄色、灰色等に変色する。コンテンツは当初、『ダンケレコード店について』、『製品ラインアップ』のみとシンプルだった。ダンケレコード店についてのページでは、コバヤシのアー写の様なものをゴメスが撮影し、その横に、「初めて買ったレコード、今でも覚えていますか?」で始まる長文のコメントを掲載し二人で大爆笑したが、二回も見たら惨めな気分になったのでグーグルマップで所在地を貼り付け、電子メイル住所を記載するのみに留まった。製品ラインアップには、コバヤシがこれまでに作成したオリジナルバンドをアルファベット順に掲載。架空バンドのデータベースとなった。全てのバンドをアップする作業は面倒であったが、同時に最も楽しい作業とも言えた。いい加減な事ばかりを書き連ねる作業。自分のポートフォリオを見ている様でコバヤシはこの作業を気に入った。この頃、コバヤシが考え出したアルバムは実に五〇〇枚を超えていた。

ゴメスはこの公式サイトに大喜びした。トップページの仕様が大変気に入ったからだ。この事に気を良くしたコバヤシは、『ダウンロード』というコンテンツを追加し、そこにトップページ同様ダンケレコード店のロゴがバウンスするスクリーンセイバーを載せた。スマートフォン用、デスクトップ用と、用途別に四種類作成した。その後ゴメスの提案によりダンケレコード店のゲームも作られた。企業に勤めていた頃、一度だけ簡単なゲームを作った経験があったコバヤシは、単純な物なら作れた。『プレイ！』というコンテンツを追加し、ブラウザ上で楽しめるゲームが上手に完成した。基本画面はダンケレコード店を上から見下ろす形で、レコード棚が迷路の様に配置されており、飛んでくるレコードを避ける、または攻撃して破壊するというシンプルなゲームだった。偶にダンケレコード店のロゴが飛んできて、それを取るとライフが回復する。最初に主人公を三人の中から選ぶ仕組みとなっており、小学生の『アキラ』、忍者の『クレナイ』、学者の『ベロニカ』が選択出来る。アキラはバランスタイプで、野球のボールを投げて攻撃する。クレナイは攻撃力が低いがスピードは速く、手裏剣による連続攻撃が可能。ベロニカはスピードが遅く体力も少ないが、広いレンジで遠隔攻撃が出来た。飛んでくるレコードと三分間闘うとボス戦に突入する。ボス戦も基本的には上から見下ろす画面で主人公のサイズや動きの設定は通常ステージと同じだが、場所はダンケレコード店ではなく宇宙空間の様な所だった。ボスが飛ばしてくる様々なサイズ、スピードのレコードを全て避けながらマザーコアにも攻撃を当てなければならなく大変だが、クリアするとオリジナルレコードを獲得する事が出来た。

コバヤシとゴメスは大喜びし、この公式サイトを各所で宣伝した。レコード店好きが集まるＳＮＳのグループページにもリンクを貼った。忘れ去られていたコバヤシのアルターエゴ佐々木くんも、この公式サイトの宣伝に貢献した。

数日経つと、話好きそうなおじさんがダンケレコード店を訪れた。

「良いねえ、お兄ちゃん達。昼からこれやって」

と、コの字型にした右手を顔の前で傾けた。おじさんを気の毒に思ったコバヤシは、プラスチックの使い捨てカップを取り出してアンデスキーパーを注いだ。

「いやあね、私も君らぐらいの頃はね、レコード店経営してたてね」

「そうなんですか、この辺でですか？」

「いやあ、宇都宮だよ」

「へえ、宇都宮でしたか。行った事無いですね」

「そうかい」

「今はこの辺に住んでるんですか？」

「宇都宮に家があるから、まだあっちだね」

「へえ、川越で何か用事でもあったんですか？」

「いやあ、知り合いからね、こんな店あるよってね、インターネットで教えてもらってね」

「え、態々《わざわざ》こんな店に？　来たんですか？」

「うん、そうだよ。あのインターネットのホームページはさ、何だか何も分からないホームページだね」

「はあ」

「あんなホームページじゃ、何も伝わらないよ。店と全然関係ない変な何あれ、ゲーム？みたいのもあるし。ホームページつけるとチカチカして見にくい。見る人の事なんて何も考えてない感じでしょ？　私はね、分かるんだよねそういうの。長く経営やって来たから、何かあったら私になんでも聞いて良いよ」

　コバヤシはアンデスキーパーを注いだ事を後悔した。コバヤシには理解出来なくどうでも良い事を、このおじさんは沢山提案した。然し店内の写真も公式サイトに載せた方が良いと言い、それは確かにそうだと思ったコバヤシは、おじさんが宇都宮に帰ると店内の様子を様々な角度から撮影し、『ギャラリー』と言うコンテンツを追加した。

こうして完成形となったダンケレコード店公式サイトだが、後日コバヤシがレコード好きの集まるグループページを覗くと、以前コバヤシが投稿した公式サイトのリンクに複数のコメントが寄せられていた。「気さくな店員さんとお話できました」、「内容が面白い、レコード店?」等の取るに足らないコメントに続き、最新のコメントとして「川越ダンケレコード店。僭越ながらホームページ作成に当たりアドバイスさせて頂きました。やれやれ、やっと形になりましたね、店長」

と表示されていた。

薄気味悪く思ったコバヤシとゴメスはこの投稿者をクリックするとどうもあの宇都宮だった。気持ちが悪かったのでゴメスはこのコメントに、通常時は黄色の丸い顔が赤く怒っている様子のリアクションをした。しかしゴメスは間違えて、自分のアカウントではなくダンケレコード店のアカウントでこのリアクションをしてしまった為、宇都宮は、「ダンケレコード店の皆様、他人への感謝の気持ちをお持ちになれない様ではしっかりとした店舗経営は出来ないと思います。当方、宇都宮で三〇年余レコード店経営経験有。来店を考えているこのページの方々、要注意！」

と五分以内にコメントした。これを面白いと思ったゴメスは、もう一度同様に丸い顔が怒っている様なリアクションマークをこのコメントにつけた。

「宣戦布告ですか？」

と宇都宮はまた五分以内にコメントしてきたので、ゴメスはそのコメントに対して今度は黄色い丸い顔が爆笑しているリアクションを選択した。

このやり取りをレコード店好きのグループページ訪問者も見ており、そしてこれが切っ掛けとなりダンケレコード店公式ページの訪問者数は一日に五〇人を越えたかと思ったらその後右肩上がりとなり、多少のインパクトを残す事に成功した。ページ毎の滞在時間で最も長かったのがゲームコーナーであり、喜んで作ったコバヤシをもってしても何故人々がこんなもので時間を無駄にするのだろうと思った。

公式ページを作って良かった。来客自体は劇的に増えた訳では無いが、もう完全にレコード店としての地位が確立されたと、コバヤシは満足した。それは自分の中である程度納得する到達感覚であり、他者に数値で判断される物では決して無かった。コバヤシにとっては、これで全ては良かったのである。

十七：展示会

高麻呂は一〇〇坪程の空き家を買い取り、そこに『トゥ・ザ・和あるど』の事務局兼イベントスペースを作った。イベントスペースは、片親の子供や保育児達の遊び場として運営されていたが、その様子が好評を得ると市までが協力し始めた。運営は大学生のボランティアが実施しており、高麻呂も「子供達の笑顔の為」、「地域社会の結びつきの為」、合同会社ジブンプランニングで得た収入や貯蓄をこの場所に注ぎ込んでいった。川越にキャンパスを持つ大学からのみならず、都内の大学からも児童心理学や幼児教育を専攻する学生らが集まって来た。子供も大人も共に集まって楽しんでいる様子で、高麻呂自身も『広報かわごえ』に掲載されたインタビューでは、子供達の笑顔から自分達が与えられる物の方が、自分達が彼らに与える物よりも大きいという趣旨の発言をした。

こうした高麻呂の活躍があり、商店街は活気を取り戻して行った。ダンケレコード店でもその効果は感じられた。根本的な人流が増加し、店の前を一日に通り過ぎる人の数は二倍以上であると簡単に理解出来た。そうなると必然的に来客の数も増え、公式サイトに通販機能も追加すると売り上げもまた安定した。コバヤシとしては今の状態が続きさえすれば良く、最も大切なのは自分の作品作りである事は当初から揺るぎが無い。生きられる環境さえ有れば良い。名声が欲しい訳では無い。自分がこれと思うバンドのジャケットを作成し、出来たらそれを様々な角度から眺め、地球温暖化の事など考えずにプラスチックの使い捨てカップにアンデスキーパーを注ぐ。コバヤシの求めている物は、それ以上でも無く、そしてそれ以下でも無かった。

梅雨が明けた快晴の土曜午後。トゥ・ザ・和あるど事務所に併設されたスペースは『ASOBIBA!』と改名されていた。これは高麻呂が学生時代ボランティア活動をしていた施設の名前であったがそんな事は知らないし如何《どう》でも良いコバヤシとゴメスはこの名称を確認し、心の中で「いやぁ〜」と思い、もしかしたらジブンプランニングの説明スライドには『ASOBIBA!』の運営という項目が追記されているかもしれないとコバヤシは思った。スライドの『ASOBIBA!』部分には、「地域密着」+「助け合い」+「信頼」=ASOBIBA!といった感じの説明がされているかもしれないとゴメスは思った。然し抑《そもそ》も何故、ジブンプランニングの説明スライドを見せられたのだろうと、コバヤシは思った。

ＡＳＯＢＩＢＡ！もトゥ・ザ・和あるど事務局も初めて訪問したコバヤシとゴメスは、ボランティアスタッフに施設の案内をされた。いかにも爽やかそうなボランティアの女学生は東京福祉大学の学生との事だった。パンタロンを履いていたのでそういう事かとコバヤシは尋ねたが、然しそういう事ではなかった。

「こちらが私どもの事務所でして、ボランティアスタッフが常時五名いまして、大学ごとに……」

と、パンタロンは常に半笑いで説明し、コバヤシをＡＳＯＢＩＢＡ！の中に案内した。

「こちらは、アソビバと言いまして、元々は親御さんがいないとか忙しいとか、私達が助けないと生きていけない子達の場所だったんですけど、今はどんな子達でも来て良い遊び場になってるんですよ。二階はイベントスペースになってまして、そこでこれから色んな面白い事を始めていこうと思ってるんですよ。地元のアーティストさんとかと繋がって、このスペースで何か創造していけたら、若者や他のアーティストさんの創造にも繋がるし、子供達もアートとか創造出来る様になったら何か面白い事が出来るんじゃないかなっていうのが私達の考えなんですよ」

と真顔でコバヤシに説明し、パンタロンがスマートフォンを見た瞬間、ゴメスはコバヤシを見て変な顔をした。

後日、このパンタロンがオーガナイザーとなり展示会は開催された。高麻呂の話ではコバヤシの個展を想像させたが、会場に展示されたのはコバヤシの作品だけではなく、ビーズを繋げて作ったアクセサリーを展示している中年の女性や何らかの機能が新しいマイボトルを紹介している爽やかな青年もこの展示会に参加していた。更にはボランティアスタッフと子供達が一緒に描いた、人種や年齢、性別を超えた様々なタイプの人々が手を繋いでいるというテーマに沿った絵も数点展示されていた。

コバヤシは何を準備する訳でも無く、これまで生み出された適当なバンドのレコードジャケットを持って来るだけで良かった。開催期間中の売り上げを補償しろと高麻呂に詰めようかと思ったが、たとえ悪ふざけであったとしても流石に品位を欠くと気が付き思い留まった。

パンタロンのオーガナイズは非常に悪く、何をやらせても要領を得なかったが、コバヤシもゴメスもそんな事は何方《どちら》でも良いと思っていた。コバヤシ自身全く興味を持っていなかった自身の展示会だが、SNSで宣伝しないと悪い気がしたのでダンケレコード店の公式アカウントにリンクを付ける等、最低限の事はやった。

三連休を挟んだ初夏、暑い中始まった展示会だが、どういう訳か連日混雑し、一〇日間開催されたイベントは平日も夕方以降は人を呼び込む盛況ぶりだった。これは一重に、パンタロンを始めとした学生達が広報に力を入れた事が要因であったにも拘わらず、コバヤシはここでも自分の実力から成された功績と勘違いをした。こうなると調子に乗ったコバヤシは、パンタロンやその友達のミサキちゃんという若い女子などに、バジルソースの冷製パスタを買って来い、ヨセミテロードの白を買って来い等の暴言を吐きまくった。ミサキちゃんはまだ一八歳なのでコンビニエンスストアーでワインを買う事が出来ないと言われれば、舌打ちをした挙句に「買うの？　買わないの？　どうするの？」と凄み、「大丈夫です」と言わせた。

展示会の期間中はダンケレコード店に張り紙をし、今は展示会ですので会場にいますよという内容を記し、出来るだけグーグルマップに似せた地図を手書きで描いた。

コバヤシは展示会で話しかけてくるゲストとの会話を嫌った。デスメタルとは全く縁が無さそうな壮年の小父さんにデスメタルの正しいイメージについて講釈され、七〇年代のバンドの事は自分の方があなたよりも詳しいのでこのジャケットをどうやってもう少し工夫すれば完璧な作品になるかアドバイスしても良いとロックテイストの中年男性に言われ、よくわからない若者には海外に行った事があるという話をされるなど、会話の内容は混迷を呈した。

そういう事であっても会場に足を運ばないという選択肢はコバヤシに無く、自分の作品を楽しんでくれる人々を見たいという純粋な感情は残っていた。その思いから会場でアンデスキーパーなどを飲んでいると、必ずのようにパンクロンが、「あ、この人がコバヤシさんです」と言って来客を紹介してくるのだった。

「この人です、コバヤシさんです」

パンタロンはコバヤシに、ピンクのシャツの上に白い夏用のジャケットを羽織った色黒の小柳さんという男性を紹介した。

「いやあ、コバヤシくんね。良いねこれ、面白いよ」

と言いながら名刺入れから自分の名刺を取り出し、右手人差し指と中指の間に挟んで渡して来たので、アンデスキーパーを飲むか聞いたら飲むと言ったので使い捨てカップに注いで名刺の代わりに手渡した。

「タイスケ君から聞いてるよ、君の事。優秀らしいね。今日作品みて確信したよ。やっぱり何か面白い事出来るね。仲間のアーティストと一緒にイベントぶっ込んでも良いしさ、会社のバンドが使うジャケット頼んだりしても出来るだろうしさ。良いよ、やろうよ」

「タイスケ君て誰ですか？」

「ははは、ここの社長だよお」

「ああ、はい」

小柳さんの名刺には肩書として『マルチプロデューサー』と書かれていたので、何だそれとコバヤシは思った。

「このさ、マスヘッド・イコン？　ていうバンドとか？　面白いからさ、実際に作っちゃうってのも悪くないんじゃない？」

「ああ、実在するバンドみたいな感じにして、ライブやったりして」

「そうそうそうそう、面白いね、でもね、実際のところは何もまだ伝わらないっちゃそうだよね、コバヤシ君はさ、結局のところさ、実際何がやりたい訳？」

「はい？」

「コバヤシ君て何を実際にやりたいの？」

「私が何をやりたいかですか？」

「うん、コバヤシ君てさ、実際にやりたい事って何なの？」

「はい、私は自分の作品を作りたいだけですかね」

「へえええええ、凄い！凄いよ。コメント書いてくれる人とかは？　いるの？　まああれだよ。俺も聞いとくからさ、ただ、ちょっとだけ時間頂戴ね。ごめんね。あいつら今度いつ連絡出来るかな」

と言って小柳Pは折り畳み式の携帯電話を取り出して電話をしに行った。

パンタロンは更に、室屋先生という男性を連れて来た。

「こちらです。コバヤシさんです」

「ああ、どうも。市議会議員の室屋と申します」

コバヤシはアンデスキーパーを飲むか確認したが飲まないという事だった。パンタロンは、室屋先生はこのイベントやこの施設を応援しており、子供を大切にする街、地域密着の街で無縁社会を無くす事を目標に、市政に取り組んでいる議員であるとコバヤシに説明した。コバヤシは、「へえ」と答えた。室屋先生は小綺麗なスーツを着て、爽やかさを演出した四〇代後半といった感じのハンサムな男だったが、音楽にもアートにもまるで関心を持っていないという事はコバヤシも直ぐに感じ取った。そればかりか、「学生時代はラグビーをやってました！」と笑顔でコバヤシに言い放った。

先生は、高麻呂の活動は優秀であり、何人の人間が彼に救われたか分からない、学生時代から高麻呂を見ているが、本当に立派な男であると高麻呂を評価する説明をし、最終的には高麻呂を自分の所属する政党に迎え入れ、先ずは市議会、次は県議会、果ては国会とステップアップさせて行きたく、最後まで高麻呂を応援するつもりだと決意を語った。この話に関してはいよいよコバヤシの作品との関連性が皆無だったので、コバヤシも「凄いですね」と答える以外に無かった。

「コバヤシ君にも手伝って貰いたいんだけどね、選挙回りのデザインとかそういうの」

「ポスターとか、選挙カーとかのデザインですか？」

「そうだね、そういう系」

「ああ、成る程」

「うん、良いねやっぱり。こういう場所に来ると新しい出会いがあるね」

想像しただけで恐怖に見舞われる様な仕事だとコバヤシは慄いた。

一方でコバヤシの展示会は大盛況であり、パンタロンの広報努力が更に進むと、最終日にはダンケレコード店とコバヤシに取材の申し込みがあった。

十八：取材

　ダンケレコード店に男女二人組の取材が訪れたのは、展示会が終わって数日後の事だった。真夏と思わせる蒸し暑い天気の中、ゴメスが買って来たアンデスキーパーを開封するが早いか、取材班は店内に入って来た。むさ苦しいカメラマンの男性と、小綺麗な若い女性のライターさんは二人で入念に、店内を調べ尽くした。コバヤシはワインを飲んでいては失礼だと思い、開けたばかりのアンデスキーパーをレジの下に隠した。「小型の冷蔵庫でも買うかな」とコバヤシは心の中で思った。パンタロンは事前に取材の内容と、どんな人物が来るのかをしっかりとコバヤシに説明していたが、コバヤシは気に留めていなかった為に誰が来たのか把握していなかった。実際には大手音楽事務所の広報部門の方々であり、ネット記事の取材でつまり大きな宣伝効果を持つ話だった。

　カメラマンの男性はカシャカシャと写真を撮り、自分もレコードが大好きなんですよねとコバヤシに伝え、コバヤシは「ああ、そうなんですね」と言った。ライターさんは愛想の良い人である事をコバヤシに全力でアピールしながら質問をしてきた。

「この店を始めようと思った切っ掛けっていうのは、何かありますか？」

「ああ、特に無いんですけど、丁度仕事を辞めたタイミングっていうのがあって、それまでに貯蓄してきたお金でこういう店を開きたいなって思っただけなんですよね。深い意味とかは、無いです」

「へえ、だけどまあ、いきなり本質の話になっちゃいますけど、コンセプトが普通じゃないですよね。店の構想には何年ぐらい掛かったんですか？　いつ頃どんなタイミングで思い付いたんですか？」

「いや、そうですね。本当に仕事辞めて、何しようかなと思って始めたっていう程度なんですよね。だから本当に深く考えていなかったというか」

「仕事を辞めて、その後に思い付いたという事ですか？」

「そうですね」

「昔から考えていたコンセプトという訳でもなく？」

「ええ」

「成る程。短期間でこんな凄い事を思いつくなんて驚きですよね。コバヤシさんの言葉で、ダンケレコード店を説明するとどういう感じになりますか？」

「ああ、いや出来れば、普通のレコード店と思って貰いたいので。私からは何も言う事は無いですよ」

「成る程。多くは語る必要が無い、という事ですね。何かコバヤシさんて、知的な印象を受けますね。お仕事を辞めたと仰ってますが、前職はどんな内容だったんですか？」

「はい。大きめの企業で、社内のデザイン周り担当でした」

「へぇえ、凄いですね。具体的にはどんな事をされていたんですか？」

「会社がリリースする物全般のデザインを管理する仕事ですね。例えば、会社のロゴを新しくする時とかに、何人かの外部のデザイナーさんに依頼してそのデータを管理したり、自分でも作ったり。会社がウェブサイトを作る、リニューアルするという場合にはこれも外部に発注したり、または自分でも作成したり。印刷物から、画面上の物まで何でもやってました」

「へぇえ、やっぱり、以前からクリエイティブな仕事をされていたんですね」

「クリエイティブの定義にも拠りますが、あまりそういう感じはしていませんでした。自分がこうと思って作成した物も、沢山の人の意見が入ると最終的にはもう原形を留めていないので、何かを作ったという気持ちにはあまりなりませんでした。ただのオペレーター。そんな気分を十年以上毎日の様に味わい続けましたね」

「成る程、その様な悔しさが、コバヤシさんにこの店を開店させたと言っても良いという事でしょうか」

「まあ悔しいというか、そんなものではないでしょうかね、そういう仕事って」
この後もインタビューは続き、質問をどの様に折り返そうともライターさんは確実に収めていく為、コバヤシに打つ手は無かった。

記事はインターネット上の目につく場所に出回り、多くの人に読まれた。これにより雑誌、テレビ等様々なメディアがダンケレコード店を訪れた。こうして話題になっていったダンケレコード店だが、切っ掛けとなったこのインタビュー記事を仕掛けたのは、実は以前、自らの一知半解が原因でダンケレコード店の攻撃を正面から受けてしまった結果、精神を患い音楽業界から姿を消した品川さんであった。

品川さんはあの日、自尊心を全て失った。自身のブログも更新せず、ライター業も辞め、収集していたレコードも全て売り払い、過去と決別して北海道の苫小牧へと引っ越した。苫小牧では『二人の兄弟』というイタリアレストランで時給八五〇円を貰い、人足として常に笑顔で振る舞った。何故苫小牧だったのかは特に理由も無く、北海道であれば何処でも良かった。東京出身の品川さんは詰めが甘く、北海道ならばどの街でも大自然に溢れており、小狐や羆と伴に毎日海を見る事になり、そうなれば心境の変化も訪れ、本来の自分を見つける事が出来るだろうと勘違いしていた。ところが品川さんの選んだアパート、及びその周辺は、想像する北海道のそれからは駆け離れていた。苫小牧駅から一駅離れた場所で二間のアパートを借り、そこから最寄りの海岸まで徒歩だと四〇分以上を要した。残念な事にその海岸も自然というよりコンクリートに囲まれ工業的要素を持つ作りであり、つまり品川さんが期待したスピリチュアルな影響を受ける事は不可能だった。海が遠いとなれば山も遠く、公共交通機関と徒歩のみで暮らす品川さんにとっては、苫小牧は不便なだけの場所であった。結果的に少しでも文明的なものを探し求めたが発見できず、興味本位でやってみたパチンコ。東京と比較して家賃は劇的に安く、売れていた頃の貯蓄とアルバイト代で無理なく生活していたが、この『ミリオン』という名前のパチンコ店にアルバイト代の殆どを注ぎ込んでいった。ミリオンでは友達もできた。茶髪で小太り、ピンクのトラックスーツをいつも着ている加世子というこの同年代の女性は、「カヨッチ」と呼んで欲しいと自ら品川さんに伝えた。カヨッチとはまた旧ユーゴスラビア圏出身の様な名前だなあと品川さんは思った。ところがカヨッチは、ザグレブやスプリトの出身では無く、別海町という道東の町出身で、苫小牧は都会だから大好きだと品川さんに話した。カヨッチは気前が良く、ミリオンで勝つと必ず近所にある行きつけの居酒屋へと品川さんを連れて行き、全額奢ってくれた。そうでない場合には、缶チューハイが大量にストックされた自分のアパートに招待した。一ヶ月に一度の特売日にマックスバリューで缶チューハイを箱買いすると、普通のスーパーで買うよりも一缶あたり十円程安く買えると、カヨッチは説明した。カヨッチは身の上話を多くした。その中で明らかにされたのは、カヨッチには娘が一人いる事、旦那は家族を養う為に東京に引っ越したがすぐに離婚の書類が送られて来た事、娘は別海町の両親が面倒みている事、カヨッチ自身は生活保護の申請をしているが、まだ受理されていないという事だった。

カヨッチ行きつけの居酒屋では、店の常連達も品川さんに身の上話をした。今お金を貯めていて、それは来年の夏に夕張にある石炭博物館に行く為であるという計画や、道東一周旅行をした三年前の夏の話、厚岸で牡蠣を採る体験をした話などを何度も聞かされた。

その類の話を聞くと、「自分はこいつらとは違う」という傲慢な思いが品川さんの中で膨らんでいった。この様な、品川さんにとっては魅力的では無い話を常にし続けるカヨッチや居酒屋の常連達であったが、一方で品川さんの身の上については誰も質問しなかった。カヨッチ、居酒屋の店主、常連達にとっては、品川さんは「東京出身の人」という情報で十分だった。自分は東京出身の面白い事をやっていた人だと知らしめたくなった品川さんは、何度か自分の身の上話をカヨッチや居酒屋の常連さん達に話してみたが、皆さん鼻で「んふぅー」という程度で、笑顔で、目を合わさずタバコを吸い、聞いているのかどうか判断できない状態でありつまり興味を持ってくれなかった。品川さん個人の突破力では、この状況を打開出来なかった。何故カヨッチは私の話を聞かないのか。何故この町の人達は私に興味が無いのか。自分は一体何なのだろうか。自分が作り出した自分は本質的には全てが虚構だったのではないかという疑問が湧き上がり、短期間ではあったがこの苫小牧滞在は結果的に、一念発起してインドに行った起業前の起業家と同じ結果を品川さんに齎《もたら》した。

こうして東京へと戻った品川さんは、ダンケレコード店への復讐を誓った。ダンケレコード店が実際にオーバーグラウンドの評価を受ければ、自分は再度華やかな世界に舞い戻れる。そう信じた品川さんは元同僚や知り合いを頼り、音楽業界に復帰。最初に取り掛かった仕事が今回のインタビューだった。品川さんは会社のお金で凡《あら》ゆる手を打ち、この記事をネット上で拡散し、テレビ局やファッション誌、カルチャー誌にも売り込み、更には英語版の記事も作成し全世界へとアピールし、これに成功した。

品川さんの努力を知らないコバヤシは、ダンケレコード店の未来を案ずる事も無く、これまで通りにアンデスキーパーを飲み続けた。

十九：依頼

様々な業種の人とコバヤシは対面し、経営者として取らなければならない態度や、経営者としての考え方、売れる為に失わなければならない物を学んだというか上手く合わせた。然し最後の局面ではコバヤシはコバヤシのままであった為に、表面上では上手く運んでいる様に見える事態も、根底では歪んでいた。世間で認識されているグンケレコード店と、コバヤシが認識するダンケレコード店は大きく乖離していた。その為に幾ら人気者の様な扱いを受けた所で、人気者扱いする民の期待に応える事などコバヤシには不可能だった。世論の期待に応える事は自分の意思と反する上、ダンケレコード店の根本が揺らぐ事を意味していた。

然しそのコンセプトなど大衆に伝わる訳は無い。コバヤシが世論の期待に応えていないという事実さえ、世論は認識していなかった。雑誌やテレビ番組の取材も来るようになり、最終的には知的とは思えない蛍光色の美術セットに彩られたテレビスタジオで、芸能人が大騒ぎしながら質問に答えるクイズ形式の番組で、ダンケレコード店の存在が設問として扱われるなどした。

コバヤシは特段苦悩もせずにただ正直に収入が増えた事を喜び、自身が何処かに出向いて何かをするという訳ではなく、店にいれば勝手に取材班はやって来てくれる為、自身の生活スタイルは維持できた。ランチに高リコピントマトとモッツァレラの冷製パスタをコンビニエンスストアーで購入し、ついつい一緒にヨセミテロードを購入する。コバヤシの悩みは、トマトを使用した冷製パスタには果たして赤ワインでも良いのか、それともやはりよく冷えた白ワインの方が良いのかという処であった。

クイズ番組の取材はどうも高麻呂と小柳Pが裏で進めた話という事で、二人はコバヤシに感謝するよう態度で迫って来た。

「次の仕事は、取り分ちょっと変えて行くか！」

と高麻呂はコバヤシに申し出て来た。

「別に私は何でも構いませんし、何だったら私はお金なんて要りませんよ。テレビ番組で取り上げられるだけで知名度が上がってお客さんも来るんですから。それだけで構いませんよ」

「まあ本当の所はそうなんだよね。一応契約書作って来たから、良かったら読んでみてね」

と高麻呂は爽やかな笑顔を見せた。原点としてコバヤシには欲がなかったので本当に何方《どちら》でも良く、有名になって頂点を掴みたい等全く考えていなかった。大体においてコバヤシのジャンルで頂点など存在していないのも事実であった。価値というものを想像出来ない高麻呂には、到底理解出来ない話である。努力して金を稼ぎ、知名度が上がりテレビ出演する事以外に、到達点の概念を説明出来ないのは高麻呂の人間として至らない所である。

結局しっかりとした契約を結ばなかったコバヤシに対して、高麻呂と小柳Pは色々な話を月に二回以上のペースで持って来た。取材やちょっとした美術仕事であったが、その際に高麻呂は、コバヤシに一万円を支払った。上場企業のデザイン業務を受ける事もあった。その時には締め切りを危惧した高麻呂が、毎日の様にダンケレコード店を訪れて進捗状況を確認した。コバヤシも、気分が乗らない場合は作業せずにアンデスキーパー、又はヨセミテロードを飲んだ。その際に高麻呂はコバヤシに対し、立場を弁えるよう指示した。

一方でその頃、品川さんはついに高麻呂、小柳Pと接触し、品川さんの会社が制作中のロックバンド、『ソシテアシタハ』のアルバムジャケット制作をコバヤシに依頼する事が出来た。これは品川さんの目標の一つであったコバヤシへの復讐だ。コバヤシがもしこの『ソシテアシタハ』のジャケットを作成すれば、実際にコバヤシはオーバーグラウンドのアーティストとなり、その時に初めて品川さんは宣言出来る。

「自分は、コバヤシがまだインディーズの頃から目をつけていた」

コバヤシとしては歓迎するべき話ではあったが、ゴメスもコバヤシもこれに関しては苦笑するばかりであり、

「知らないしこのバンド」

「ダサいし」

等この段に及んでメジャーの仕事を小馬鹿にした。

この様な仕事を回す事が、コバヤシにとっては有り難い事と信じ切っている高麻呂。品川さんも復讐と銘打ってはいるものの、実際にはコバヤシが成功する事こそがその復讐の達成にあたる。然しコバヤシにとってこれは全く興味の範疇外であり、何の意味も成さなかった。

コバヤシとゴメスは笑いながら、このバンドのジャケットを完成させた。成果物を見ても、『ソシテアシタハ』よりもヨセミテロードの方が良いのは確実であった。

木曜までに出してくださいとコバヤシは高麻呂に言われていた為、木曜の夕方納品した。この件について高麻呂は、もっと余裕を持って作業するようコバヤシに指示した。高麻呂は、コバヤシは水曜日も火曜日も努力している様子がなかったと説明した。実際に何をやっていたのか不透明である。酒を飲んで無駄な話をしているだけだったのではないだろうか。それだったらその時間をより仕事に費やせばもっと成功出来る筈であり、今の惨めな自分を超えられる。コバヤシもそろそろ四〇歳になろうというのにお金持ちになる事が出来ないのは努力をして一心不乱に仕事に集中しないからであると、コバヤシに成功の必要性を伝えた。

「俺らはどうだって良いんだよ。ただね、コバヤシ君の将来が心配なだけなんだよ。皆んなそう思ってるよ。だから俺が手伝えるのは、君にチャンスを与える事だけなんだよ。やるかやらないかは、ハッキリ言っちゃうとコバヤシ君次第だからね。そこは厳しく俺も言うよ。今の惨めな、誰からも求められない事をやり続けて才能をドブに捨てるのも勝手だけどね、本当、僕はただね、助けたいだけなんだよ。どうするの？　どうやったらこの生活を抜け出せるかをね、もうすぐ四〇歳なんだから考えてさ、努力して努力して努力してさ、もう一回努力してさ、掴もうぜ、未来」

その話を聞きながらコバヤシは笑いを堪える為に顔に無理矢理力を入れた結果、反省と悲しみが混ざり合った様な滅茶苦茶な表情となり、ゴメスがこの場に居ない事を残念に思った。この様な話をされると事前に知っていたら、スマートフォンで録音出来たのにと後悔もした。

『ソシテアシタハ』のジャケットは、夜空に輝く星が連なり、明日と言う未来への道標となっているデザインだった。仕事としての完成度自体は高かったが、コバヤシの気持ちも全く入っておらず圧力の無い作品だった。つまり、コバヤシが作る必要性は全く無かった。そのデザインを一瞬だけ見た高麻呂は大絶賛し、品川さんも完成に大変満足した。

コバヤシは一万円を貰い、そのお金でゴメスと二時間三千円で飲み放題まで付いた『にぎわい』というコースを、近所の中華料理店で注文した。入り口に『薄利多売』と掲示しているこの中華料理店で、日本語が所々おかしい中国人のおばさん店長も混ざり、二胡がメンバーとして入ってるメタルバンドの名前を考えた。

『熱烈』が入るバンド名ばかりをコバヤシとゴメスは考えたが、結局の所で『熱烈爆怒』や、『熱烈憎前』等イマイチであったが、店長のおばさんは『冥界破山団』というバンド名を提案し、コバヤシとゴメスの想像を超えて行った為に二人は感激し、店長と一緒に『冥界三部作』を創ると宣言して帰宅した。

二十：新鮮な魚

吹雪の中を十五分程歩くと簡単な食料品店があり、そこでは新鮮な魚介類が買えた。コバヤシは、これ迄意識して生で蛸を食べた事など無かったのだが、先日町の居酒屋で食べてみたら非常に美味しく、これを自分の一番好きな刺身と言う事に決めていた。その活蛸も格安で手に入るとあり、十五分ぐらいなら吹雪の中の散歩も悪くないと考えていた。食料品店を経営する老夫婦もコバヤシに優しかった。この地方で親しまれている伝統的な味噌汁をご馳走になる事も何度かあったが、コバヤシはこの味噌汁は別にそこまで話題にする程のものでも無いと感じていた。酒屋さんに運んでもらった日本酒が家にはまだ五升程ある為、ここ数日は自宅で刺身を堪能した。部屋の中央には石油ストーブがずっしりと構えており、車を持たないコバヤシは当初石油の入手に苦悩したが、近所の『翔ちゃん』という居酒屋で知り合ったディマという渾名で呼ばれる好青年が自分の車で色々と助けてくれた。

『翔ちゃん』とは店長の名前なのか何なのか。常連さん達は皆店長の事を翔ちゃんと呼んだが、コバヤシは店長と呼んだ。翔ちゃんを始めとしてこの店の常連さん達は飲みながら、この街で獲れる美味しい食べ物の話や、若い頃の話、家族への不満を披露していた。皆好き好きに自分の身の上話をする中で、コバヤシは楽しそうに話を聞き、皆さんもコバヤシを気に入り、コバヤシの経歴を気にする人も無かった。

『社長』と呼ばれる五〇代ぐらいの男性は、木材加工の会社を経営しているとコバヤシに説明した。山で何年も育てた木を伐採し、出荷用に加工すると言う事だった。興味を持ってこの話を聞いたコバヤシを、社長はいつでも見に来てくれと誘った。その際には、森の中で猟を成功させるのでコバヤシがまだ食べた事のない鶉《うずら》や兎などを食べさせるという事だった。

『翔ちゃん』でコバヤシはすぐに常連さん達と溶け込み、回を重ねる毎に自分のペースも掴んで行った。皆さん魚を、コバヤシが知っている呼び名と違う言い方をしていたのでこれは愉快だった。中でも、『ガンズ』と言う魚が出てきた時は衝撃を受けた。それ以降コバヤシは、聞いた事のない魚の名前を聞くと何らかのロックバンドの略称ではないかと考え始め、一度その件について居酒屋で説明し、皆さんから賛同を受けた。『ガンズ』の様なパターンで、例えば『オヨ』の場合であれば一体どうなるのか。コバヤシと同世代の常連が『オイスター・ヨーグルト』と発言し、「オイスターって何だよ！」と翔ちゃんが言うと、社長が「牡蠣だべ」と説明し、「いやあ、社長は英語もわかるっぺか」などと展開したが、『オイスター・ヨーグルト』と言う名前にコバヤシは感銘を受けた。

吹雪の夜、暖かい居酒屋の中。テレビでは偶然、ダンケレコード店について放送されていた。コバヤシはこれを見て嬉しくなったが、特に常連さん達には何も言わなかった。番組では地方選挙の当選者がどんな素顔なのかという特集を放送しており、何かの選挙で当選した高麻呂がインタビューに答えていた。

「このレコード店のコンセプトって本当に面白いですよね」

「ありがとうございます」

「どう言う事が切っ掛けで思い付いたんですか？」

「まあ切っ掛けっていうのは特に無いんですけど、常々考えてた事なので。最初は仲間がやってたんですよ。そしてその仲間が手放すから私が買い取って。まあそうは言っても元々私の会社が入って色々一緒にやってた店だったので、そういう意味では最初から私がやってたんですけどね」

「成る程、面白いですよね。このようなレコード店で経営が上手く行ってる訳ですもんね。レコード店と言うのも失礼なぐらいになってますが」

「ええ、デザイン事務所も兼ねてますけど、私の中ではレコード店なんですよ。やはり、アナログレコードへの拘りは忘れていないつもりです」

熱燗を飲みながら黙ってこのテレビを見ていた社長は、「色んな人いんね」と微笑んだ。


雪の降らないある日の午後、社長の木材加工場へとコバヤシは出向いた。舗装された道を山に向かって三十分程度歩いた。熊が出たらどうしようと考えたが、冬だから冬眠している筈だと自分を安心させた。しかし冬眠のタイミングを逃した熊が一番恐ろしいという話を思い出したコバヤシは、帰りは何とかして車を利用しようと考えた。

経理を担当する奥様はコバヤシを歓迎し、社長は今若い衆と森に行っていると言った。

「あなたアレですよね、東京から態々《わざわざ》の」

「はい。いつも社長にお世話になってまして」

「社長もうすぐ帰ってくるからね、お酒でも飲んで待っててえ〜え」

「いえ、私、お酒はちょっと苦手なんです」

「何言ってんのよ〜お」

と言って奥様はコバヤシを事務所の接客スペースに招き入れ、半分ぐらい入った一升瓶と松前漬けのような物やイカを加工した美味しそうな肴を小鉢に入れて持ってきてくれた。

一通り飲み食いした所で窓の外を見ると、綺麗な雪がチラついていた。

表に出て周りを見渡すと、人工的な音の一切が無かった。

隣に建つ別棟の建屋内、作業スペースに若者が一人座っているのが窓越しに見える。近づいてみると、若者は彫刻刀を持って木を削っていた。窓の外からその若者の握り締めた木を暫く見ていると、少しずつ形が変わっていく。当初は無骨な立方体だった木も、躍動感のある魚の形に変化していった。コバヤシは事務所に戻り、コップに日本酒を注いでまたもとの場所に戻った。窓越しに中を注意深く見渡すと、これまで作られたと思われる多くの作品が並んでいた。熊や鳥などの野生動物ばかりだったが、その作品全てからは強い圧力が感じられた。

コバヤシはもう少し作業スペースから離れ、少し遠くから様々な角度で作品群を眺めた。

日本酒を一杯飲み干し、根雪の上に座ると、雪は強くなったが暖かさが感じられた。

関口　純（せきぐち　じゅん）

1978年生まれ、埼玉県出身。青山学院大学国際政治経済学研究科卒業。ロシアの国立大学など、国内外の教育機関で勤務。現在は東京を拠点に活動中。本作が初の出版作品となる。

ダンケレコード店

2024年9月18日　第1刷発行

著　者　　関口　純

発行人　　大杉　剛
発行所　　株式会社 風詠社
〒553-0001　大阪市福島区海老江5-2-2 大拓ビル5-7階
TEL 06（6136）8657　https://fueisha.com/
発売元　　株式会社 星雲社（共同出版社・流通責任出版社）
〒112-0005　東京都文京区水道1-3-30
TEL 03（3868）3275
印刷・製本　シナノ印刷株式会社

ISBN978-4-434-34491-6 C0093